谨以此书

献给

为中国革命、中国建设作出卓越贡献的英雄们

英雄，

是民族最闪亮的坐标。

英雄，

是国家最坚硬的脊梁。

时间奔腾不息，

英雄永不过时。

星火成炬

聂茂 著

吴新霞 吴奕 绘

湖南少年儿童出版社·长沙
HUNAN JUVENILE & CHILDREN'S PUBLISHING HOUSE

毛泽东

瞿秋白 / 叶挺

袁咨桐 / 钱壮飞 / 周文

雍 / 杨闇公 / 蔡和森

左权 / 方志敏 / 陈然 / 谢晋元 / 夏明翰 / 杨

杨靖宇 / 陈树湘 / 张自忠 / 毛泽建 / 杨惠敏

赵一曼 / 邓玉芬 / 缪伯英 / 李大钊 / 鲁迅 / 郁达夫 / 田汉

黄继光 / 邱少云 / 欧阳海 / 王杰 / 史光柱 / 顾

方舟 / 林巧稚 / 屠呦呦 / 陈薇 / 焦裕禄

王进喜 / 袁庚 / 徐洪刚 / 金茂芳

安文彬 / 钱学森 / 茅以升 / 陈

景润 / 袁隆平 / 樊锦诗

黄伯云 / 于敏 / 杨利伟

罗阳 / 黄旭华 / 叶聪

申亮亮 / 雷锋

让红色文化之光照亮心灵

顾伯平

聂茂教授一直保持着农家子弟身上那种勤奋、执着和质朴的可贵品质。他的经历比较坎坷和曲折，但他从不消极、懈怠，总是激励自己，昂扬奋进。我与他因红色文化的学习研究而结缘，在不算多的交往接触中，我感觉他有一种英雄情感和红色文化情怀，这也许是他积极作为、努力向上的不竭动力吧。

作为文学湘军的重要成员，聂茂是一个多面手，自上世纪八十年代初以诗起步，以散文成名，兼及小说。九十年代末他出国留学，学成归国后他供职于中南大学，直接晋升为教授、学科带头人。他在教学之余，置身于文学现场，虽以文学评论为主，提出过"文学自信力"等一些重要原创性观点，发表和出版过一系列文学评论方面的作品，但他始终没有放弃文学创作。这就是为什么这些年来，他不断推出一批有影响力的作品，主要有诗歌（以长诗英雄系列为主）、散文（以中西文学大师群像为主）和小说（以四卷本长篇历史小说《王船山》为代表）的原因所在。

让我欣喜的是，聂茂还涉足少儿文学创作。摆在我面前的《星火成炬》就是一部很好的少儿文学作品，它非常及时，非常具有针对性，既是对《中华人民共和国教育法》思想内涵的文学书写，也是对教育部在全国小学和初中启用新修订的统编教材价值引领的诗性呼应。全书写的是英雄人物，是各个时期、不同年代的英雄人物、英雄群像或时代先锋，绝大多数是我们耳熟能详的，但也有一部分是大家并不那么熟悉或了解的。聂茂对每个叙写对象都充满温情和敬仰，因而笔端流淌出来的是诗意的抒发和诚挚的讴歌，无论是礼赞，拜祭，抑或致敬，都是真情流露，契合时代的脉搏，传播满满的正能量，具有强大的文化育人功能。这些英雄人物、英雄群像、时代先锋都是红色文化的人格主体，其彰显出来的英雄精神、英雄思想都是革命文化的重要组成部分，都是民之魂、国之光，值得每个人珍惜和敬重。

读完这部书稿，我有一个强烈的感受，那就是：少儿文学同样需要洪钟大吕式的作品。因为少儿文学的阅读者不只有少儿本身，更有广大的家长、老师和社会大众。真正优秀的文学作品，是不分成人文学和少儿文学的。

我认为聂茂的这部作品就是洪钟大吕式的作品，它主要有以下四个特点。

一是主题宏大。作为一部英雄颂歌，本书以《岸英的手》为引子，序曲写的是瞿秋白。全书以梦想、求索、执着、初心、热血、信念、大爱、担当、奉献、荣光共十个主题为章目，情酣力卓，气势磅礴。可以说，各章主题也是各个时期的先烈、英雄和时代先锋的共同特征和突出特色，最能获得读者的阅读认可，引起读者的情感共鸣。如在第一章《发芽的梦想》中写了叶挺、赵登禹等，在第二章《漫长的求索》中写了蔡和森、方志敏等，这些人物及其所反映的主题，都与奉献牺牲和家国情怀有关，他们的奉献与牺牲，都顶天立地，彪炳千秋。

二是人物众多。全书不仅写到了夏明瀚、陈树湘、张自忠等耳

熟能详的英雄们，也写到了不为大家所熟悉的女英雄，如毛泽建、杨惠敏等，更写到了医学界的卓越人物，如顾方舟、林巧稚等。同时，书中还写到了战争年代的英雄董存瑞、黄继光、邱少云，写到了社会主义建设时期涌现出来的焦裕禄、王进喜，写到了科学家钱学森、陈景润，以及于敏、杨利伟，等等。这些英模人物贯穿了中国革命、中国建设和改革开放以来中国和平崛起的整个过程，完全可以视为中国共产党领导下百年中国英雄史的缩影。

三是结构完美。作者情感充沛，饱含深情，其描绘英雄形象，并不局限于史料，而是依靠史料又跳出史料。尤其结构可圈可点，给人耳目一新的感觉。该书除各章重大主题外，终曲《雷锋的心》，简洁，生动，具有强烈的抒情色彩。余音《赞美诗：英雄在哪里》，一问一答，将全书章节中十个主题统领起来，形成一个有机的整体。从毛岸英的"始"到雷锋的"终"，高度契合从战争年代到和平时期的美好愿景，这两个人物的知名度高、影响力大，能够很好地承载从"引子"到"终曲"的重任，使全书形成引子、序曲、主题十章、终曲、余音这样多幕剧一样近乎完美的结构。

四是文字优美。该书虽然可归类为非虚构写作，但主要是一首首散文诗。书中每一章的主题都有一个章节页，它是该章的"眼睛""魂魄"，是对主题的升华、诗意的阐发与哲理的提炼，仿佛音乐的定调，文字少，意义大，引人浮想联翩。如第二章《漫长的求索》开篇引言："求索，是未知的旅程，曲折而漫长。求索，在路上，在校园，在军营，甚至就在睡梦中。求索，为了黑暗里的一束光亮，为了泥泞中的一条正道。"这完全是关于"求索"的诗句。同样地，在第十章《砥砺的荣光》中，开篇写道："荣光，不是花冠的光泽，而是太阳的光芒，像金子一样闪亮。砥砺的荣光，往往跟国家、民族联系在一起……说到底，荣光，是每个人心心念念的一种向往。"这样的文字，是从容的，优美的，雅致的，读起来诗意澎湃，回味无穷。

每个时代有每个时代的英雄。每个时代也有每个时代的文学。用文学的方式赞美英雄、讴歌英雄，让红色文化之光照亮心灵，引导广大读者、特别是青少年熟悉英雄、亲近英雄，进而学习英雄和争做英雄，这是伟大时代赋予我们文学工作者的神圣职责，也是每个有使命有抱负有雄心的作家的自觉追求。

总之，聂茂文学创作的路子走得很稳，也走得很正，我很赞赏。他的路还很长。他请我写几句话以示鼓励，我欣然应允。祝贺他在文学万花园里不断开出新的花朵、结出新的硕果，也期待他创作出更多、更好的优秀作品。

是为序。

（作者系著名学者，第十二届全国政协委员、社会和法制委员会原驻会副主任，中华炎黄文化研究会副会长，中南大学红色文化创作与研究中心首席专家）

目录

引子

岸英的手

这是一双年轻的手，我从未触摸过。

这双手很结实，它带着劳动的印记，战火的硝烟，带着对祖国、大地和亲人的爱，带着对信仰的忠诚，对和平的渴望，对幸福、安宁生活的向往。它不断地招手，又不断地挥手，总是在我的面前晃动，当我走近时，它离开了；当我离开时，它又出现了。

1

是的，岸英，这就是你的手。

作为毛泽东与杨开慧的长子，你过早地体验到生活的艰辛。8岁，正是一个孩子拉着妈妈的衣角撒娇，正是无忧无虑地开始校园生活的时候，你却紧紧地抓住妈妈的手，一同入狱。一个天真无辜的孩子犯了什么罪？没有，你入狱，只因为你是毛泽东的儿子；你入狱，只因为妈妈至死也不愿出卖爸爸，至死也不愿脱离与爸爸的关系，至死也要捍卫她的爱情。

你抓紧妈妈的手，不是因为害怕，而是想告诉妈妈，你就在她的身边，你更希望牵着妈妈走出那个恐怖的地方。可最终，你失望了。妈妈摸摸你的头，将你紧紧拥在怀里。反动派狠心将你们母子撕开，你挥舞着拳头，你看着妈妈的背影愈来愈远，直到完全消失在雨后的夜色中。

从此，你再也没有见过妈妈。多少次在梦中，你追着妈妈，喊着妈妈，醒来的时候，手心里全是泪。

在党组织的帮助下，你出狱了。你带着二弟毛岸青、三弟毛岸龙费尽九牛二虎之力，来到上海。

命运如此残酷。小小年纪，你却承受巨大的苦难。

三弟岸龙病了，你无比焦急。油灯下，你的手那么小，但依然有力。你四处寻医、求药，希望岸龙活下来。但你又一次失望了。你喂完最后一匙药，岸龙咽不下去，苍白的唇上湿漉漉的，然后慢慢闭上了眼睛。

豆大的眼泪掉了下来，屋子里夹杂着哭泣声。外面的风好大。

你将二弟岸青的手握得更紧。

2

为了活命，你带着岸青捡破烂、卖报纸，走街串巷，在风雨中挣扎。

直到 1935 年，你和岸青才在组织的帮助下，历尽千辛万苦，辗转到了苏联国际儿童院。

不久，你入读莫斯科列宁政治军事学院，成为一名苏联士兵。随后，你又进入伏龙芝军事学院深造，毕业后，你被授予中尉军衔，担任连队指导员，率部参加苏联卫国战争。

1945 年 5 月，德国宣布无条件投降，你回到莫斯科，受到了斯大林的接见。

"听说你加入了苏联共产党，你是一名勇敢的战士。"斯大林很高兴，夸赞了你一番，还亲自送了你一把小手枪。

你很激动，向斯大林行了一个军礼。你紧紧握着那支小手枪。你知道，斯大林送给你礼物，不仅是表彰你在苏联卫国战争中的表现，也显示出他对中国人民的一份情意，对你父亲的一份敬意。

3

多少回泪眼朦胧，你在梦里见到父亲，他是那么高大、慈祥。

多少思念藏在心里，你想抓住父亲的手，向他慢慢倾诉。

1945年底，你终于回到了魂牵梦绕的祖国。在延安王家坪，你见到了阔别18年的父亲。分别时，只有5岁，此刻，你已经23岁。当你风尘仆仆地出现在父亲面前时，你抑制不住内心的激动，手心手背都是汗。

那些日子，父亲正在为中国革命的前途担忧，你的到来，让他心头一亮。你轻轻地叫了一声"父亲"，行了一个标准的苏联军礼。父亲一把将你拉了过去，上下打量了一番，看着你长成了一个男子汉，便高兴道："好哇，你回来就好！"

翌日，父亲将自己穿过的一套旧灰布军装送给你，让你和战士们一起吃大灶。你并不感到意外。父亲说："我可不想让别人说我毛泽东的孩子搞特殊呀。"

父亲拍了拍身上打着补丁的裤子，说道："延安虽'土'，但'土'得发光。你在苏联喝牛奶吃面包，在延安要学会吃五谷杂粮。"

你点点头，理解父亲的用意。

4

不久，父亲想让你去当农民，问你有什么看法。你表示同意，并学着父亲的样，说："延安虽'土'，但我要用双手，从地里找出'金子'来。"

父亲开心地笑了。

出发前，父亲特地嘱咐，你要自带行李、口粮和种子，住到吴家枣园一个叫吴满有的农民家里，跟他打成一片，不能搞丝毫的特殊。

王家坪离吴家枣园十五里，当你背着行李，汗流满面地到了吴家枣园的时候，吴满有早已等在村头，他很吃惊，心想："主席让儿子来当农民，也不派车送送。这孩子扛得起地里的活吗？"

吴满有赶紧要帮你拎手中的行李，但你坚决不让，说自己的东西自己拿。吴满有要给你倒水洗脸，你说："我是来向你学习的，你别把我当客人。"你硬是自己倒水洗脸，并把行李放妥，把床被铺好。

第二天一早，你就跟着吴满有一家下地劳动。

消息传到村里，有人不信，便偷偷前来看你，发现你跟吴满有一样，脖子上挂着个布袋，正弓着身子，一手抓粪，一手点种，忙得不亦乐乎。

随后，开荒、刨地、深耕，你没搁下一样，啥活都抢着干。到了晚上，你不顾疲惫，还给农民朋友讲故事，教他们文化知识。

吴满有感慨地说，岸英的到来，让吴家枣园的每一天，都像过年一样开心。

而你同样开心。你还用化名在《晋察冀日报》上发表了名为《鞋

下一层土》的小诗："人问我最贵何所得？是不是金，是不是银，是不是地位和美名？我说一样也不是，却是那鞋下一层土！"

周恩来听说后，找到你的父亲，郑重道："主席，你是不是对岸英过于严厉了些，这孩子从小吃了太多的苦。"

"岸英还没毕业。"父亲笑道，"谁让他是我毛泽东的儿子呢。"

半年后，吴家枣园的乡亲们听说你要回延安了，又高兴，又难过，纷纷出来，一个个拉着你的手，争着跟你说话。你不断地说："谢谢，我还会再来的。"你走出老远，回头一看，乡亲们还站在村口朝你张望。那一刻，你眼角一热，明白父亲告诫的"跟农民打成一片"的深刻含义。

当你提着行李、站在父亲面前时，你还有些不安。父亲朝你招招手："快过来，让我瞧瞧。"你走上去，道了一声："父亲，我回来了。"

父亲捏捏你的脸，握着你的手，突然笑了起来："岸英，你的皮肤晒黑了，变得更加粗糙了；你的额头留下了风吹日晒的印痕，手上结起一层老茧；你的身上散发出泥味、汗味和粪土味，这些就是你从劳动大学毕业的光荣证书啊！"

你顿时不好意思起来。

父亲心情不错，又道："我说过，延安虽'土'，但'土'得发光。看来，你真的找到了'金子'！"

你低头查看自己手上的老茧，细细体味父亲的话。

一个滚烫的声音响起："父亲，我一定不会让您失望！"

5

你抓住刘思齐的手，以为会抓住一辈子。

1946 年，你们第一次见面，你就喜欢上了思齐。当时你 24 岁，思齐才 16 岁。你们有相似的经历，从小都过着颠沛流离的生活，彼此都渴望着爱与被爱。

有一天，你看见一只公鸡带着一只母鸡，立即对身旁的思齐说："你快看！"思齐就看见公鸡在地上捡起一粒粮食，"咯咯咯"地叫唤，母鸡便跑过来。公鸡把粮食放在地上，母鸡一下子吃了。然后公鸡又找到一粒粮食，母鸡又吃了。

看到这一幕，你抓住思齐的手，动情地说："你看公鸡对母鸡多好啊。以后我也会对你这样。"

思齐的脸顿时红了。

第一次，你郑重提出要和思齐结婚，父亲以你们俩还不成熟为由，没有答应。

三年后，当你再次提出来，父亲点头同意，你欣喜若狂。

你见证了 1949 年 10 月 1 日那个激动人心的时刻。你目睹了父亲站在天安门城楼上庄严宣告："中华人民共和国、中央人民政府，今天成立了！"

你挥舞着手，同千千万万的手一样，犹如一滴水汇入大海，形成澎湃的欢乐的海洋。

两周后的 10 月 15 日，你牵着思齐的手，走进了神圣的婚姻殿堂。

你原以为，你会与思齐举案齐眉，相守一生。可是，朝鲜战争爆发，你美好的愿望就此落空。

6

1950 年 10 月 17 日晚，也就是你结婚一周年的第三个晚上，你回到家里，见父亲和彭德怀伯伯正庄重地谈论着国家大事，你不忍打扰，想退出房间，但父亲叫住了你，扭头对彭伯伯说："岸英来得正好。他参加过苏联的卫国战争，现在跟你去朝鲜，再锻炼锻炼吧。"

彭德怀伯伯立即摇头，道："不行，岸英才结婚不久，生活刚刚稳定……"你一急，冲到彭德怀伯伯身边，紧紧地抓住他的手："彭伯伯，带上我吧。请放心，我决不会给您丢脸！"

那些日子，国际国内风云变幻，以美国为首的所谓联合国军对中华人民共和国这个新政权贼心不死，悍然发动了朝鲜战争。形势十分严峻。你感受到中南海从未有过的紧张气氛，父亲眉头紧锁，房间的灯光很少熄灭，不断听取各方意见，经过深思熟虑之后，终于作出了最后的决定。你能不激动吗？父亲要你去锻炼，正是你为国家效力、为父亲分忧的好机会啊，你怎能错失良机？

"看来，岸英，你是第一个志愿兵啊。"彭德怀伯伯拗不过你的倔强和执着，只好同意，"明天一早，你就跟司令部先遣人员乘飞机去东北吧。"

事后，彭德怀伯伯感慨万分地说："国难当头，挺身而出，这不是每个人都能做得到的。有些高干子弟，甚至高级干部本人都没有做到，但毛岸英做到了。毛岸英是坚决请求到朝鲜抗美援朝的。"

彭德怀伯伯能体会到你父亲的用心和你的赤诚。

7

当晚，从中南海出来，你心急火燎，处理一系列事情。因为翌日就要出发，留给你的时间只有半天。

你急匆匆地赶到北京机器厂，跟同事交代事项，对接好工作，接着直奔北京医院。

本来你还想着给思齐准备一个小小仪式，庆祝一下结婚一周年，但三天前，思齐得了急性阑尾炎，被送到北京医院，做了手术，目前正住院治疗。

你来到病房时，思齐已经睡了。你坐在病床前，伸出手，轻轻拢了拢思齐的头发。

仿佛心有灵犀。思齐睁开了眼睛，静静地望着你。

你轻轻抓起思齐的右手，双手将它合在掌心，柔声道："组织上派我到一个很远的地方去出差，我来向你告别。"

思齐瞪大眼睛，小声道："哦。去哪儿，久吗？"

"去多久，得看情况。也许会有一段时间。"你左思右想，决定不告诉思齐实情，免得她担心，"对了，特地说一下，那地方有些偏，通信不大方便。总之，你别急，任务一完成，我马上就回来。"

思齐信任地点点头。

你随即问了思齐的病情，叮嘱她要听医生护士的安排，不许逞强。你忽地想起了什么事，道："对了，无论怎样，你要坚持把你的学业完成。"

思齐再次点点头。

"出院以后，每个礼拜天去看望一下爸爸，替我尽尽孝心。"你稍稍提高一点音量，又道："他事情多，一忙，从不顾及身子。"

思齐感觉有点奇怪，以前出差，也没交代这么详细啊。隔了一会儿，你忍不住又说："对了，还要请你多照顾一下岸青。"

夜里十点半，住院部要关门了。你将思齐的手放进被子里，掖了掖被角，直起身，笑了一下，退出病房，并轻轻关上房门。

从医院出来，你又快速赶到李铁拐斜街的岳母家，告诉岳母张文秋：明天一早就要离开北京，执行秘密任务，不知道要去多久。

这时，你停了一下，说："我有两件事，想请妈妈帮帮忙。"

"说吧。岸英。" 张文秋知道，你这么晚来找她，肯定有重要的事情。

"一是我放心不下岸青。"你一脸庄重地说，"我爸爸工作忙，无法照顾他。如果他有困难，请您帮帮他。花了多少钱，也请您记个账，到时我来还。"

张文秋安慰道："你爸爸日理万机，照顾岸青的事，我负责。咱们是一家人，不分彼此。"

你点点头，又说："思齐伤口还没有愈合，平时她的饭量就不大，我一走，也请妈妈多照顾一下。"

"你这孩子，思齐的事情还用你交代吗？"张文秋嗔怪道，"你自己在外，要多保重。其他事情，你就放心好了。"

岳母说得实在，你很感激。你向岳母行了一个军礼，便匆匆走了。

你压根儿没有想到，这是你跟思齐和岳母的最后一次相见。

你更加没有想到，你牺牲后，张文秋没有忘记你的嘱托。在岸青没钱花的时候，她将一半的工资拿出来帮他；不仅如此，她还把女儿邵华嫁给了岸青，照顾了岸青一辈子。

岳母张文秋以伟大的母性兑现了自己对你的承诺。

8

如果你早一分钟跑出来，你就不会倒下；

如果你跑到防空洞口、不再返回去抢救那些机密电文和重要手稿，你就不会壮烈牺牲。

那是血腥的一天，残酷的一天，永远悲恸的一天。

1950 年 11 月 25 日，中午 11 时左右，4 架美军轰炸机掠过志愿军总司令部上空。这种骚扰时有发生，作战室的参谋们听到飞机的声音越来越远，便继续工作。

你埋头处理一批电文。

洪学智副司令员很警觉，匆匆赶过来，组织防空洞里的所有人员快速转移。

你本已走到防空洞口，回头看到一名叫高瑞欣的参谋正在紧张地抢救电文和手稿，你立即冲了回去。

就在此时，那 4 架美军轰炸机突然折了回来，直扑向作战室，并扔下了上百个凝固汽油弹。轰隆隆，一阵剧烈的爆炸，顿时一片火海。

彭德怀预感不妙，奋力挣脱警卫员的手，冲到火海前，嘶声问道："大家都出来了没有？"

听说你和高瑞欣没有出来，彭德怀的脑袋顿时炸了，吼道："怎么搞的？"说完，把帽子一扔，就要冲进火海，被战士们死死拉住了。

大火扑灭了，大家从烧焦的防空洞里扒出了两具残骸，依据一块苏联手表的残壳，辨认出了你的遗体。

多么阳光的你啊，竟然倒下去了。几天前，你还跟彭德怀伯伯下过一回棋。

面对那块手表的残壳，彭德怀惊呆了，你的笑容还在眼前晃动啊。

彭德怀一言不发，一步一步，回到司令部。他要来一张电报纸，亲自给你的父亲起草电报："今天，志愿军总司令部遭到敌机轰炸，毛岸英同志不幸牺牲。"

电文只有短短的 24 个字，彭德怀却写了一个多小时。他多么希望，这仅仅是一个噩梦啊。

周恩来总理闻讯，也惊呆了："岸英入朝一个月零三天就牺牲了。他吃过苦、留过学、打过仗，又经过农村和工厂的锻炼，在和岸英同龄的一代青年中，像他那样受过良好教育和多种锻炼的人是不多的。岸英的牺牲对党，尤其对主席，都是一个无法挽回的损失。"

得知你牺牲的消息后，父亲沉默了一会儿，接连吸了两支烟，然后慢吞吞地说道："战争嘛，总是要死人的。"

不久，彭德怀伯伯回国向你父亲汇报工作，详细汇报了你牺牲的经过，并说道："主席把岸英托付给我，我没有保护好他。我有责任，我请求处分！"

你父亲听了彭德怀伯伯的话，良久没有说话。最后，他抬起头，一字一句地说："这次战争，死了成千上万的人。岸英只是一个普通的战士。不要因为他是毛泽东的儿子，就不应该为中朝两国人民的共同事业而牺牲。"

父亲的这一席话，让彭德怀伯伯和在场的每个人都流下了泪水。

当时，不少人向你父亲建议，要将你的遗体运回国内，好好安葬。

你父亲不赞成，说道："天下黄土埋忠骨，就让岸英和志愿军烈士们在一起，和朝鲜美丽的江山同在吧。"

岸英，倘若你泉下有灵，一定会理解父亲的用意的。

9

你的手过早地松开了思齐的手，但思齐还在紧紧地抓住你。在白天，在黑夜，在梦里，她用悲痛、泪水和思念将你的手紧紧地抓住。

终于，在你牺牲8年多后，思齐和妹妹邵华一起，要到朝鲜来看你，烧一炷香，为你扫墓。

父亲赞成思齐的想法，说："好，我赞成。我也想岸英，但我不能去看他，只能你去，你是他最亲爱的人，还是烈士的家属，应该去看看。"

父亲叮嘱：思齐是以烈士家属的身份去扫墓，不能大张旗鼓，不能惊动朝鲜的党和政府。最后还特地交代：来回的路费和一切花销，全部由他报销。

1959年2月上旬的一天，思齐和邵华终于出现在你的墓碑前，思齐和邵华跪在那里，失声痛哭。白色圆形的墓前立有墓碑，正面为"毛岸英烈士之墓"，背面刻有碑文：

毛岸英同志，原籍湖南省湘潭县韶山冲，是中国人民领袖毛泽东同志的长子，一九五〇年他坚决请求参加中国人民志愿军，于一九五〇年十一月二十五日在抗美援朝战争中英勇牺牲。毛岸英同志的爱国主义和国际主义的精神将永远教育和鼓舞着青年一代。毛岸英烈士永垂不朽！

思齐抚摸着墓碑，像抚摸着你的手，喃喃道："岸英，我来看你了，代表父亲来看你了。这么多年才来看你，来晚了……"

思齐极度地悲伤，几次差点晕倒。

邵华扶着姐姐，也是泣不成声。

离开墓地前，思齐抽泣着，从你的墓地捧了一把土，小心翼翼地用手绢包起来，紧紧地握在胸口。

最后，思齐和邵华再次向你三鞠躬。思齐泪流满面，轻声道："再见了，岸英。安息吧，岸英，你永远活在我的心里。"

10

岸英，你的侄子新宇也来看你了。

在父亲和岳母的支持下，你生前十分挂牵的弟弟岸青与思齐的妹妹邵华，幸福地走到了一起。虽然，你从未见过侄子新宇，但你应该会感到欣慰。

1986年初，在新宇16岁那天，邵华牵着儿子的手，庄重地说："你是毛主席唯一的孙子。爸爸妈妈想了很久，想送你一件弥足珍贵的礼物，你自己去趟朝鲜，去给你自己崇拜的岸英伯伯扫墓，告诉他，侄子毛新宇来看你了！"

新宇很激动，这是爸妈珍藏已久的厚礼，也是他盼望已久的时刻。

终于，新宇来到了朝鲜平安南道的桧仓郡，这里是中国人民志愿军烈士陵园的所在地，你的墓碑就坐落在这里。你的周围一共有133位烈士的墓碑。

新宇恭恭敬敬地拜了三拜，掏出早已准备好的祭品：一首缅怀你的小诗。他流着泪，轻轻念道：

你从中南海家中走出，

怎么就溶进了这桧仓的小道？

我摸不到你血肉的躯体，

却分明见证了生命的永恒！

新宇念完这首小诗，掏出火柴，将诗篇点燃。看着那升腾的火焰在跳动，新宇呢喃着："伯父，让我握住你的手吧。"

岸英，你的侄子新宇来了，你看见了吗？

岸英，你的侄子新宇念出的诗歌，你感受到了吗？

岸英，你的侄子新宇说出的心声，你听到了吗？

11

这是一双年轻的手，我从未触摸过。

这是岸英的手，一直在挥舞，像起伏的海浪一样，从未停止。

这挥舞的手，是鼓点，是号角，是灯塔，是永不变色的信仰与荣光，是矗立的像森林般扩展的英雄的旗帜。

瞿秋白：凝于寒冬，傲然卓立

你是第一个把《国际歌》翻译成中文的人。

你本可以成为一个出色的翻译家。你第一篇翻译作品就是托尔斯泰的短篇小说《闲谈》，并与人合译了《托尔斯泰短篇小说集》。经你翻译的还有果戈理的短剧《仆御室》和小说《妇女》，以及法国都德的小说《付过工钱之后》。你还翻译了高尔基的文选集和创作选集《二十六个和一个》《马尔华》《市侩颂》《克里慕·萨莫京的生活》，卢那察尔斯基的《解放了的堂·吉诃德》，普希金的《茨冈》，等等。你的翻译被鲁迅先生誉为"信而且达，并世无两"，这是多么崇高的评价啊。

你也可以成为一个优秀的作家。早在 1921 年初，你就以特约记者的身份到莫斯科采访，取名"维克多尔·斯特拉霍夫"，汉语是"战胜恐惧、克服困难"的意思。其间，你写下了《饿乡纪程》和《赤都心史》等名作，还在北京《晨报》等刊物发表文章，热情歌颂十月革命，预示这样的"光明"将"照遍大千世界"。

你为开国领袖毛泽东《湖南农民运动考察报告》写过序，声称"中国的革命者都应当读一读毛泽东这本书"。

你也给鲁迅先生的杂感集作序，鲁迅先生赠你条幅："人生得

一知己足矣，斯世当以同怀视之"。

你的出场自带光环，而你的落幕，却悲怆黯然。你随着枪声倒下，血溅长空，含笑而去。你忠于自己的选择，清晰而坚定，却将模糊而消瘦的背影留在历史的长廊和故国泥泞的风雨中。

1899 年 1 月 29 日，你出生于江苏常州一个书香之家。父亲为你取名"雄魄"，意在重振家业，光宗耀祖。你却改名"瞿爽"，后又改"瞿霜"，取"凝于寒冬，傲然卓立"之意。你仍感言之不逮，后经过一番斟酌，由"霜"引申为"秋白"，并以此名世。

你天分极高，聪敏好学，博闻强记，十三经、二十四史、儒道佛释及诗词歌赋均有涉猎，且能书善画，尤擅篆刻。17 岁考入外交部创办的俄文专修馆，主修俄语、法语、英语，兼修佛学、文学与哲学。其间，你慕名前去北京大学，旁听了陈独秀的激情授课，境界大开。

五四运动爆发，你热血沸腾，当仁不让，登上自己的政治舞台。你担任北京学联评议部负责人，组织俄文专修馆的同学，参加游行示威和火烧赵家楼行动，迅速成为暴风雨中高高飞翔的雄鹰。

1920 年 3 月，你参加了由李大钊倡导成立的"马克思学说研究会"，立即被社会主义思想所吸引。

你当时并没有意识到，你早早地进入到风暴的中心，也早早地被残酷的风暴所摧毁。你像一支蜡烛，迅速地燃尽自己的生命：

20岁，你参加五四运动；

23岁，你加入中国共产党；

24岁，你担任《新青年》主编；

26岁，你进入中国共产党领导集体的核心层；

28岁，你担任中共中央临时政治局主席，成为继陈独秀之后，中国共产党第二任最高领导人。

但是很快，你就被排挤出最高领导层，遭受王明、博古等人的打击、孤立和一波又一波的政治迫害……直到生命的指针定格在36岁，那是你最后的时刻。

你经受住种种诱惑与残酷折磨，为了崇高的信仰，流尽最后一滴血。

你的血，擦亮旧中国的漫漫长夜。

你的英勇无畏与壮烈牺牲，本已树立了崇高的形象，可你就义前，以率真的方式，出人意料地写下《多余的话》。你卸下人世所有的伪装，用小小的手术刀，对准自己最脆弱的部位，一刀，又一刀，解剖给世人看。你掏出了血淋淋的心，却把巨大的谜团留给后世，也将痛苦、灾难和厄运留给了亲人。

你原本可以毫无争议地成为"革命先烈"，但《多余的话》成了你"叛党投敌"的罪证；

你原本可以被人"顶礼膜拜"，但《多余的话》留下你被人"掘墓鞭尸"的"把柄"；

你流出的血原本浇灌着革命的鲜花，结出胜利的果实，但《多

余的话》把这些鲜花变成了有毒的野草；

你的家庭、特别是你的爱妻杨之华原本可以分享荣光，但《多余的话》令她蒙受不白之冤，与爱女分离，被关进监狱达6年之久，直至1973年10月17日病危，她才被保释出狱，3天后含冤去世。

你是一只荆棘鸟，执着于自己的命运，勇敢地飞，毫不停息。暴风雨只能折断你的翅膀，摧毁你的肉体，却无法摧毁你的精神。

你写了，不后悔，那是真实的你。笼罩在你头上的乌云终于散去。正如你在《多余的话》中"告别"那样："这世界对于我仍然是非常美丽的。一切新的、斗争的、勇敢的都在前进。那么好的花朵、果子，那么清秀的山和水，那么雄伟的工厂和烟囱，月亮的光似乎也比从前更光明了。"

你的女儿瞿独伊说："父亲的才思、父亲的理想，在错误路线的迫害下过早夭折，每回忆于此，总让人痛彻心扉。怀念父亲，也是真心希望我们的国家今后尽量没有这样的遗憾！"

是的。你不是不爱这个世界，恰恰相反，你以赤子之心，深深地爱着这个世界。因为爱，你头上的月比以前更明了。

你是叶挺。

你是你梦想的全部。

你说："只问此心无愧怍。"

为了真理，你奋斗的意义就在这里。

你是赵登禹。

你是你梦想的主人。

你说："爷们流血不流泪。"

你高举大刀，杀向敌人，你的血将古老的大地染得通红。

你是钱壮飞。

你是你梦想的线人。

你说："此身许党，万死不辞！"

你用智慧的暗语接通天线，在腥风血雨中，你紧握北斗星，让中国的天空重现黎明。

你是周文雍。

你是你梦想的壮士。

你说："壮士头颅为党落。"

你在刑场上举行婚礼，让反动派的枪声成为你爱情的见证。

你是杨闇公。

你是你梦想的唯一。

你说："头可断，志不可夺。"

为了革命，你生命的价值就在这里。

梦想

第一章
发芽的梦想

一个人的梦想可以很小，小得没有自己；

一个人的梦想可以很大，大得没有边际。

美好的梦想会发芽，像二月的春风，吹遍大地每一个角落。

有梦想的人是快乐的，把忍受变成享受；

有梦想的人是幸福的，把失望变成希望。

农人的梦想里有炊烟、鸟语和狗吠；

诗人的梦想里有云霞、山川和河流；

英雄的梦想里有青春、热血和家国。

叶挺：
金子的响声

  静静地看着你的照片，我无法掩饰对你的喜爱。英武，干练，爽朗，目光炯炯，像太阳下的稻穗，风一吹，发出金子的响声。

  你，是农民的儿子，更是中国人民解放军的创建人之一，杰出的军事家。

  在天空最为黑暗、中国共产党最为困难的时候，党组织找到你，把责任交给了你，把重担交给了你，把梦想和希望也交给了你。

  你对得起这份信任，用你的生命，你的热血，你的忠诚。

  是的，历史定格了这一刻：1927年，随着一声怒吼，你率领战友们，毅然决然，打响了武装反抗国民党反动派的第一枪。

  这一枪，像风暴中的惊雷，在黑沉沉的夜空，抛下一道闪电；

  这一枪，如熊熊燃烧的火把，照亮了泥泞中艰难前行的民族。

  从此，中国共产党有了第一支武装部队；

  从此，中国的天空掀开了崭新的一角。

  多年以后，毛泽东握着你的手，感慨地说："共产党的第一任总司令，人民军队的战史要从你写起。"

  你，是一名战士，是共和国的英雄——叶挺。

  …………

  那一天，你在空中飞翔；

那一天，你在火中燃烧；

那一天，举国上下，草木流泪，山河同悲。

惊悉你的死讯后，毛泽东在《解放日报》上发表悼词："为人民而死，虽死犹荣。"他还特地将叶正明和叶华明叫到家里，说"我的家就是你们的家"，并庄严承诺："英雄的血不会白流，党会照看好你们的！"

1960年夏，周恩来百忙中请叶正明兄妹到家中做客，他满怀深情地说："你们爸爸的一生，就像天上的彗星，虽然出现时间很短，却给人们留下了深刻的印象。"

是的，你就是那颗闪耀的彗星。

叶华明说："后来我仰望星空时，常常会找找彗星，看看爸爸！"

那么，你在天上，看到一直念想你的亲人了吗？看到国家统一、民族复兴和你永远爱不够的大好河山了吗？

赵登禹：
铁骨柔情真硬汉

　　暮色苍茫，我驻足于你破落的土屋，试图倾听你的心跳，感受你的血脉，脑海中一遍又一遍跳跃你的形象：一个视国耻不可忍、将民族和家国的危难揽于肩上的山东豪杰，一个身高一米九、徒手击虎、浴血杀敌的曹州好汉，一个率领敢死队、高唱"大刀向鬼子们的头上砍去"的将军，竟是一个铁骨柔情的孝子。

　　你自幼习得一身功夫。16岁，你和堂弟赵登舜步行千里，到陕西临潼冯玉祥手下做了一名没有粮饷的副兵。冯玉祥听闻你武艺了得，令你与其比试摔跤，你连赢三场，冯玉祥大喜，让你当了他的卫士。风雨兼程，你从班长、排长、连长、营长、团长、旅长，一路血印，35岁当上师长。

　　你治军甚严。堂弟赵登舜在你手下当机枪连长时，一次请假回老家，逾期未归。母亲预先代为求情。但你颇为"绝情"，按军法杖其40军棍，革其军职。之后，你赶回老家，向母亲跪地赔礼，请医生为堂弟疗伤。

　　北京市档案馆，现保存一封你用毛笔字写就的求情信："径启者，敝师驻防塞北，有名殿布青山者，日前偶在该山得获火狐狸两只，因敝师不便饲养，恐日久伤其生命，殊为可惜。素谂贵园万牲罗列，以供游人观瞻，兹特派副官单永安，携往送上，即请查收为荷。此

致万牲园。师长赵登禹拜启。"

你是七七抗战中率部痛击入侵者、饮弹殉国的著名将领。

你是有勇有谋、被冯玉祥喜赞的"打虎将军"。

你是军人赵登禹。

半个多世纪以后，在一个春雨泥泞的日子里，将军，我来了，捧着一束菊花，这是您生前最喜爱的花。我来到这里，不仅是为了祭奠，更是为了铭记。您的墓碑立于北京丰台区卢沟桥宛平城东，正面镌刻着"抗日烈士赵登禹将军之墓（1898—1937）"。

这是一片空地，我站在这里，仿佛仍能听到寒光中大刀飞舞的霍霍声。

我曾经读到《益世报》登载的一篇文章，题目是《喜峰口的英雄》，那灼热的文字一次次叩击着我的胸口：

"法国人忘不了凡尔登的英雄，中国人永世万代亦不应忘记喜峰口的英雄……做凡尔登的英雄易，做喜峰口的英雄难。后者是光着脚、露着头，使着中古时代的大刀，去接替败退了的防线……喜峰口的英雄，打破了日军不可战胜的神话，中国人又抬起头来了。"

是啊，将军，"中国人又抬起头来了"！您用短暂的一生写下了一首波澜壮阔、气吞山河的诗篇。我录下网友的一首小诗，表达对您由衷的敬意——

敢死奇兵夜入营，长刀快斩寇寒惊。

将军血战维国土，不负山河万古青。

钱壮飞：
黎明的持灯者

是什么力量，让你在血腥年代，从容镇定，与狼共舞，一次次机智地将绝密情报以最快的方式送出去？

是什么力量，让你在隐蔽战线，呕心沥血，夜不能寐，默默做着属于自己的光荣工作，义无反顾？

你的故事穿越历史的硝烟直抵人心；

你的芳华饱受战火的洗礼风采依旧；

你的傲骨经过时间的打磨历久弥新。

是梦想，让你成为红色摇篮的千里眼；

是使命，让你成为中国革命的顺风耳；

是不屈的信念和勇敢的斗志，让你成为插入敌人心脏最锋利的剑。

周恩来感慨：是你和战友们的深入虎穴，党中央才得以保全。"如果没有'龙潭三杰'①，中国共产党的历史将被改写！"他还对你的妻子张振华说，没有你，就没有他。

蒋介石至死也不知道，他的命运，与你有关。你在他眼皮子底下出出进进，他竟一无所知。顾顺章叛变，到了南京，你差一点就成了"蒋委员长"的刀下鬼，就在转身的瞬间，你成功地逃出了"狼窝"。

---

① 另外二杰是李克农和胡底。

1931 年 12 月，毛泽东当选临时中央政府主席后不久，亲自签发一份通缉令：无论是"苏区"还是"白区"，凡遇顾顺章，格杀勿论。中央政府对一个叛徒发出如此严厉的通缉令，绝无仅有。此时距顾顺章叛变已有七个月之久，毛泽东仍念念不忘，可见痛恨至极。

因为你，在顾顺章事件中幸免于难的中共领导人有：周恩来、邓小平、陈云、聂荣臻、陈赓、瞿秋白、邓颖超等等。大家都明白这一长串名单的分量。

这正是：哪有什么海晏河清，时和岁丰，只不过有无数像你一样的英雄在人们所不见的地方浴血奋战，砥砺前行。

说你改写了中国历史的进程，你自己断然不会同意。但没有你，中国的革命，至少还会在更漫长的黑夜里徘徊。

你是黎明的持灯者，你是无名的谍战英雄，你是钱壮飞。

如果生在和平年代，以你的专业，你一定能成为一名医者仁心、悬壶济世的好大夫。可是，在那个特殊年代，你殚精竭虑、鞠躬尽瘁救下的生命，比任何一名良医救下的生命都不会少；

如果生在和平年代，以你的才华，你一定能够在艺术和设计领域有一番成就。可是，在那个特殊年代，你用智慧、热血和生命写下的传奇，比起历史上任何一部伟大作品都不会逊色。

　　1930年9月，陈立夫发给徐恩曾一封绝密电文：蒋介石调遣江西省省长鲁涤平与第18师师长张辉瓒率10万大军进攻江西苏区，被你破译；

　　是年10月，国民党军队气势汹汹，进行第一次"围剿"，军事密电被你破译；

　　1931年2月，蒋介石策划发动第二次军事"围剿"，动用兵力20万，何应钦任总指挥，这个情报，再一次被你破译……

　　"嗒嗒嗒"，一阵阵清脆的电报声，穿过千山万水，叩击红色革命的心脏。

　　可以说，整个长征，我们军队没有一次落入过敌人精心设计的口袋里头。

　　周恩来一生惊险无数，最惊险的一次，几乎被敌人看到了背影。中统头子陈立夫不无遗憾地说："就差5分钟，就能将周恩来抓住！"

　　那宝贵的5分钟，就是你留给他的。这是多么壮丽的诗篇啊。

　　"天亮已走。"这是顾顺章事件中，你给中央的暗号。

　　1935年4月，在一次行动中，部队遭到敌机轰炸，随军行动的你，在贵州乌江渡口失踪，年仅39岁。

　　这一次，天亮了，却再也不见你策马归来。

周文雍：
婚礼，催人泪下的绝唱

我一次又一次面对这个场景，难以置信。你被捕后，遭受严刑拷打，竹签插入手指，血淋淋的，面对递来的自首书，你愤怒地拿起笔，蘸血写下遗诗："头可断，肢可折，革命精神不可灭。壮士头颅为党落，好汉身躯为群裂。"

我一次又一次面对这个场景，难以置信。你把敌人的法庭当成宣传革命的讲坛：你是共产党员？是！为什么参加共产党？为了全中国人民的自由和解放。哪些人是共产党？从实招来！全中国的工农都是，你去抓吧！共产党是杀不完的！

我一次又一次面对这个场景，难以置信。敌法官宣判你的死刑，你一脸蔑视。问你最后的要求时，你提出和"妻子"照一张合影。"一对假夫妻，两个真感情。"你们并肩站在铁窗下，留下世界上最美的结婚照。

我一次又一次面对这个场景，难以置信。1928年2月6日，在元宵节细雨纷纷的下午，你和"妻子"手拉着手，迎着寒风，喊着口号，唱着《国际歌》，昂首走向红花岗刑场，高呼："让反动派的枪声，来做我们结婚的礼炮吧……"

可是，一次又一次的难以置信，却真实地发生了。这是震惊世界的壮举，是"我以我血荐轩辕"的献祭，是"我自横刀向天笑，

星火成炬

去留肝胆两昆仑"的慷慨，是"朝闻道，夕可死"的刚毅、从容与无畏。

枪声响起，在你牺牲的一刻，电闪雷鸣。人民英雄纪念碑上刻下了你对信仰的忠诚，对生命的渴望，以及对爱情的地老天荒。

你叫周文雍，你同样英雄的妻子叫陈铁军。

在最美的婚礼上，你喊出了这样的一番话——

"亲爱的同胞们，姊妹们！我们的血就要洒到这里了……今天，我要向大家宣布：我们就要举行婚礼了。让反动派的枪声，来做我们结婚的礼炮吧！同胞们！同志们！永别了，望你们勇敢地战斗，共产主义一定会胜利，未来是属于我们的！"

这是90多年前你和陈铁军同志在广州红花岗畔发出的呐喊。

你们的壮举感天动地！

你们的追求义薄云天！

你们的牺牲气壮山河！

周恩来曾经答应给你们主婚，后来又多次讲起你们的事情。1962年，他在一次会议上饱含深情地说：周文雍和陈铁军的爱情"才是最纯真最高尚的爱情。革命者是有人情的，是革命的人情"。

著名画家陈逸飞和蔡江白被你们的事迹深深吸引，决心创作系列油画《刑场上的婚礼》，一画就是30年。2005年，陈逸飞逝世后，蔡江白又花了5年时间，终于完成："不完成，对不起英雄啊。"

是的，英雄。因为你们的牺牲，才有了我们今天的一切。

我喜欢这么默默地被你凝视又默默地凝视你；

我喜欢这么默默地被你爱着又默默地爱着你。

杨闇公：
新社会的催生者

出身于地主家庭，你却执意革命，誓做"旧社会的叛徒，新社会的催生者"。

在交通不便、信息闭塞的蜀地山城，你率先举起马克思主义的大旗，让古老的大地看到了红色曙光。

照片中的你，文质彬彬，虽然头像模糊，但时间的沧桑，无法模糊你矢志不渝的信仰和宁死不屈的斗志。

你是朱德、刘伯承、陈毅等开国元勋的领导和战友，在对光明的追求中，你们志同道合，打响了反对反动军阀的第一枪。

这一枪，是党的第一次庄严亮剑；

这一枪，是南昌起义的鸣炮先声。

你被反动派以极其残酷的方式杀害，面对生与死的抉择，你毫不畏惧，发出"头可断，志不可夺"的怒吼。

这一声怒吼，穿过历史的长廊，久久回荡。

新中国成立后，朱德元帅念念不忘，为你修墓立碑，亲题碑文："永垂不朽——一九二七年重庆三月三十一日惨案牺牲烈士，中国共产党四川地方委员会书记杨闇公同志之墓。"

毛泽东第一次与杨尚昆见面便问："四川有一位杨闇公，你知道吗？"杨尚昆道："他是我四哥，是我革命的引路人。"毛泽东

肃然起敬，赶紧询问，却得知你壮烈牺牲，扼腕不已。

你是革命先驱，是刘伯承的入党介绍人，是马掌铁一般坚韧的英雄杨尚述，又名杨闇公。

你是中国革命牺牲极为惨烈的烈士之一，你用青春、热血，践行了你的座右铭、你的信仰以及你的铮铮誓言。

在你的影响和激励下，家中兄妹 12 人先后投身于中国革命的滚滚洪流中，可谓满门忠烈：大哥杨尚荃，曾任四川靖国军川北总司令部游击司令；二哥杨尚麟，曾任中共潼南县第一任党支部书记；小弟杨白冰曾任中共中央书记处书记、中央军委秘书长；五弟杨尚昆更是成了共和国第四位国家主席。你和你的家人为中国革命和社会主义建设作出了不可磨灭的贡献。

你短暂的一生是光辉的一生。党和国家领导人给你的题词很多。周恩来称你是"为第一次国共合作而牺牲的烈士"；邓小平三次题字，并为你的《杨闇公日记》题写书名。

聂荣臻挥笔写下："为国为民，壮怀激烈，杨闇公烈士革命精神永存。"这是共和国元帅对你的缅怀；

江泽民在你的旧居留下："纪念闇公同志，弘扬先烈精神，坚定革命信念，立志振兴中华。"这是党的总书记对你的致敬。

青山有幸埋忠骨。在苍翠的重庆山城中，你生于此，长于此，战斗于此，长眠于此。你是家乡那葱葱郁郁的山脉上最耀眼的一株红木棉。

求索，是未知的旅程，曲折而漫长。

求索，在路上，在校园，在军营，甚至就在睡梦中。

求索，为了黑暗里的一束光亮，为了泥泞中的一条正道。

求索，是一种责任，一种意志，更是一种能力。

英雄的求索，意味着使命、正气和刚毅。

因为求索，从滚滚泥沙里发现了金子；

因为求索，从茫茫夜空中看见了晨曦……

第二章

漫长的求索

蔡和森：
点燃革命的火

一粒种子，点燃革命的火，发出希望的光，照亮前行的路。

你就是那样的种子。在"痛不堪痛，忍不堪忍"的乱世中，你怀着"以一人之忧共诸天下，以天下之忧纳诸一身"的赤子情怀，与毛泽东、罗学瓒、张昆弟等畅谈理想，探讨人生。

"指点江山，激扬文字，粪土当年万户侯。"面对山河破碎，国弱民穷的旧中国，年轻的你们立志彻底改造社会、拯救苦难的中华民族。

你立言明志："猎取功名，升官发财，不是我们要走的路，我们读书为的是改造社会。""吾人之穷极目的，惟在冲决世界之层层罗网，造出自由之人格，自由之地位，自由之事功。"

1918 年，你和毛泽东等人以"革新学术，砥砺品行，改良人心风俗"为宗旨，成立新民学会。在寻求救国真理的路途中，立下"匡复有吾在，与人撑巨艰"的壮志豪言，从此便开始了你为匡复中华而舍生取义的革命人生。

英雄出少年。你第一次提出"明目张胆正式成立一个中国共产党"的主张，毛泽东复信，称赞你的主张"见地极当，我没有一个字不赞同"。你的建党思想是国内早期共产主义者的建党活动有力的引导和推动，也是革命成功的火种！

你创办《湘江评论》，你是《先驱》的主编，是《向导》的灵魂，是黑沉沉中国的"一线曙光"，是四万万同胞思想上的灯塔，巍然屹立，指引光明！

深厚的理论功底支撑着远见，让你明确指出："要发展中国革命，必须成立共产党。"丰富的革命实践点亮了智慧，让你支持国共合作的同时，又强调保持党的独立性。你像先知一样预言："只有依靠工农阶级才能完成国民革命的使命。"

面对白色恐怖的血雨腥风，你毅然前行。面对表妹的劝阻，你果断拒绝，你说："干革命，哪里需要就到哪里去。""倘如人人都不挺身而出，成千上万的劳苦大众谁来拯救？"

你有"明知山有虎，偏向虎山行"的无畏，也有"不破楼兰终不还"的决绝。当敌人用大锤将粗壮的铁钉深深钉入你的四肢，你高喊着"中国共产党万岁"！

当敌人用尖刀疯狂地戳入你的胸膛，你用最后一个眼神告诉世人："黑暗终将过去，光明总会到来。"

热血浩然志，乾坤一少年。

你是国家富强，人民幸福的追梦者。

毛泽东说："一个共产党员应该做的，和森同志都做到了。"

日月肩头过，河山今已红。你的思想与山河同在，你的精神与日月同辉。

你用短暂而辉煌的一生践行着匡复中华的责任与担当，你用光明和希望的真理指引着我们奋勇向前！

你是一粒种子，点燃革命的火，烧尽了自己。星移斗转，穿越历史烟云，你依然是风华正茂、挥斥方遒的湘江少年！

左权：
"两杆子"都硬的将才

　　风雨如晦的岁月。你磨砺思想的锋芒，不计得失，忍辱负重，在国家危亡的紧要关头，破釜沉舟，气吞山河。

　　你如此坚定，只为了看清在泥泞里艰难跋涉的中国道路。

　　激情燃烧的年代。你擦亮精神的眼睛，不顾安危，义无反顾，在民族复兴的至暗时刻，电闪雷鸣，血溅长空。

　　你如此执着，只为了看见黑暗深处那闪耀希望的红杜鹃。

　　你32岁进入中共军队最高领导层，是抗日战争壮烈牺牲的八路军最高级别将领。

　　毛泽东称赞你是"神枪手"，在你的军事文选里，他评价你是"吃的洋面包都消化了，这个人硬是个'两杆子'都硬的将才"。

　　朱德称赞你是"模范军人""钢铁般坚强、狮虎般勇猛"的优秀将领和"中国军事界不可多得的人才"，并特地为你赋诗："名将以身殉国家，愿拼热血卫吾华。太行浩气传千古，留得清漳吐血花。"

　　周恩来高度评价你"足以为党之模范"和"精神不死"！

　　彭德怀亲撰和手书你的碑志，铭曰："壮志未成，遗恨太行。露冷风凄，恸失全民优秀之指挥。"

你是大地之子，你是英雄——左权。

一岁半丧父，从小打猪草、放牛，过着常年挨饿的生活，是你；

战斗中，横刀立马，出生入死，能文能武的，也是你；

孝顺母亲，疼爱妻女，敢恨敢爱，热爱生活的，还是你。

1949 年，朱德总司令下了一道特殊命令：所有南下入湘部队，在可能的情况下，都要到醴陵黄茅岭左家屋场，看望一位老人，那位老人就是你的母亲。

每名将士，都恭敬地说："我们都是您老人家的儿子。"

其时，离你牺牲已过去 7 年，而母子分别却整整 26 年！

老人家终于明白。记忆中的你，还历历在目，原以为生死与共，却等来阴阳两隔，如此，怎不令人伤心欲绝、涕泪纵横？

英雄的母亲也是英雄。老人家深明大义，请人写了一篇短短的祭文："吾儿抗日成仁，死得其所，不愧有志男儿……牺牲一身，有何足惜，吾儿有知，地下瞑目矣。"

半年后，你的母亲安然离世。

你看见，太阳像一朵花，开在坟头上。

方志敏：
奇迹的创造者

那是怎样的电闪雷鸣，枪林弹雨夜，你高高擎起光明的火炬；

那是怎样的凄风冷雨，刀光剑影时，你苦苦思索生命的意义。

80多年后，我来到当年关押你的地方，试图寻找你的足迹，感受你的气息。可风平浪静，物是人非，脑海里一遍又一遍闪过你的《狱中纪实》。你说，监狱是苦痛的堆场，是病菌的酵室，是黑暗的深渊，是"死之家"，是"石造的柩"，它是建筑在被统治阶级的赤血与白骨之上的囚屋。

可正是在这样的囚屋，你一字一句，写下了十余万字的文稿，无意间创造了四个第一：你的文字在烈士遗文中具有第一影响力，是共产党人撰写的第一部苏区史，你第一次完整地诠释了苏区精神，是生动揭露国民党黑色监狱的第一人。

你完全有能力成为一名优秀作家。1923年，你的小说《谋事》

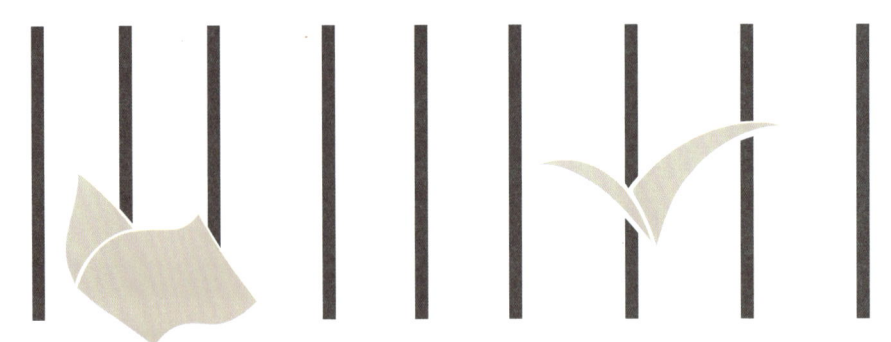

同鲁迅、叶圣陶、郁达夫等人的作品一起，被选入上海小说研究所编印的《小说年鉴》，编者题有按语，称赞你的作品是"拿贫人的血泪涂成的"。

翻开中国共产党历史，受囚禁而牺牲的共产党人，不知其数，而留下遗稿者很少。你关在铁窗里，每天面临死亡的威胁，写下众多文稿，已是奇迹；能将这些文稿分批秘密传送出去，又是奇迹；你的遗稿不乏名篇，流传后世，进入教科书，家喻户晓，更是奇迹。

你的《可爱的中国》足以媲美《正气歌》，而《清贫》见证了你"矜持不苟，两袖清风"的崇高品质。

毛主席评价你的遗作："是一个共产党员革命意志、情操和高尚人格的写照，是不朽的佳作。"

叶剑英读完你的手稿，赋诗道："血染东南半壁红，忍将奇迹作奇功。文山去后南朝月，又照秦淮一叶枫。"

习近平认为你的《清贫》："回答了什么是真正的穷和富，什么是人生最大的快乐，什么是革命者的伟大信仰，人到底怎样活着才有价值。"

你是奇迹的创造者，是共产主义的笃信者，是清贫的方志敏。

你说：党有指示，虽死不辞。

你说：共产党员，这是一个极尊贵的名词，我加入了共产党，做了共产党员，我是如何地引以为荣啊！

你说：我是一个马克思主义的笃诚信仰者，敌人只能砍下我们的头颅，绝不能动摇我们的信仰！因为我们信仰的主义，乃是宇宙的真理！

你说：清贫、洁白朴素的生活，正是我们革命者能够战胜许多困难的地方。

你说：为着阶级和民族的解放，为着党的事业的成功，我毫不稀罕那华丽的大厦，却宁愿居住在卑陋潮湿的茅棚；不稀罕美味的西餐大菜，宁愿吞噬刺口的苞粟和菜根。

你说：我们活着不能与草木同腐，不能醉生梦死，枉度人生，要有所作为！

你说：一切难于忍受的生活，我都能忍受下去！这些都不能丝毫动摇我的决心，相反地，是更加磨炼我的意志！我能舍弃一切，但是不能舍弃党，舍弃阶级，舍弃革命事业。我有一天生命，我就应该为它们工作一天！

你说：我是一个黑暗的憎恶者，我是一个光明的渴求者。

你说：假如我还能生存，那我生存一天就要为中国呼喊一天；假如我不能生存——死了，我流血的地方，或者我瘗骨的地方，或许会长出一朵可爱的花来，这朵花你们就看作我精诚的寄托吧！

你说：目前的中国，固然是江山破碎，国弊民穷，但谁能断言，中国没有一个光明的前途呢？不，绝不会的，我们相信，中国一定有个可赞美的光明前途……

陈然：
用生命筑起崇高的界碑

你已经迎来了黎明，但在第一缕阳光照耀你的脸庞前，你倒在最后的阴影里。

也许有人为你惋惜。可是，并不是所有的小草都能得到阳光的照耀。你保持了一名共产党员的崇高气节，这种气节就是"不妥协、不退缩、不苟免、不更其守"！你像许多先烈一样，"用头颅、热血、齿、舌，在是与非、黑与白、真理与狂妄、正义与罪恶、善良与暴戾之间，筑起一座崇高的界碑"！

在你面前，任何抒情都变得浅薄；

在你面前，一切名利都如同粪土。

你的战友刘国志说："有党在，我等于没有死。如果我出卖组织，活着也没有什么意义。"

而这，又何尝不是你的心声？你说："对着死亡我放声大笑，魔鬼的宫殿在笑声中动摇。"这种大义与忠诚真实传达着那个年代最铿锵有力的声响，一遍又一遍，挥洒革命的热血，激发斗争的豪情。

战友江竹筠受刑昏死三次，但她说："毒刑是太小的考验！共产党员的意志是钢铁！"

战友杨虞裳被敌人折磨，导致失明，但他正告敌人："我现在是在你们的老虎凳上保卫我们的党。"

战友谭沈明面对死亡说："我要真正做到脸不改色，心不跳！"

战友蓝蒂裕走向刑场前给儿子留下一首诗："今夜，我要与你永别了。满街狼犬，遍地荆棘，给你什么遗嘱呢？我的孩子！今后——愿你用变秋天为春天的精神，把祖国的荒沙，耕种成为美丽的园林！"

战友许晓轩的遗言是："请转告党，我做到了党教导我的一切。在生命的最后几分钟，仍将这样……"

啊！你们是同一个群体，有着同一种基因，流着同样的血，唱着同样的歌。你们在同一面旗帜下，举起同一的手臂，作出同一的宣誓！

在你们面前，任何赞美都变得不合时宜。

在临刑前的"公审大会"上，敌人被你们义正词严的质问震住了，仿佛不是代表腐朽权力的他们审问你们，而是代表正义力量的你们公审他们，一场精心策划的宣传瞬间变成了闹剧：

"今天你可以枪杀我们，但是你们自己还能活几天？"

"你们这些刽子手逃不出人民的最后审判！"

"胜利属于我们，你们必定失败……"

当你和你的战友被押到刑场时，你突然转过身来，对着刽子手说："你们有种的，就正面开枪吧！"

1992 年，在贵州发现一件标明为渣滓洞革命烈士遗物的包裹，里面有两封信和五块银圆。一封信上写道："中国共产党万岁！亲爱的党，和你永别了。谊军。"一块银圆上深深地刻着"最后一次党费 谊军"八个字。

我们至今不知道"谊军"是谁。可是，无数长眠地下的"谊军"，

他们这样做，并不是为了让世人知道。他们所做的，只是坚持自己的初心。

人们常常赞美阳光，可为了这一缕阳光，有多少人前赴后继，付出汗水、青春、热血乃至生命？又有多少人在阳光照不到的地方任劳任怨，像小草一样挺直胸脯，扎根大地，努力保持高昂的、朝向阳光生长的姿势？

当然，你和你的战友，包括无数的"谊军"们所做的一切，共和国不会忘记，也不应该忘记。就像享受着阳光的青山绿水，能忘记那些在黑暗中化为泥土、默默滋润着大地的小草吗？

你就是这样的一棵小草。你是红色经典《红岩》的小说主人公成岗的原型，你高高举起戴着镣铐的双手，成了力量的象征、抗争的浮雕。

你就是这样的一棵小草。你26岁的生命定格在新中国成立后的第27天。

你就是这样的一棵小草。你是矢志不渝、慷慨赴难的烈士陈然……

今天，我默默望着渣滓洞照片墙上的一句话——"今朝我辈成仁去，顷刻黄泉又结盟"，感慨万千：无数英雄在生命最好的年华奉献了自己的一切。

白公馆，渣滓洞，在这人间的炼狱，在生离死别之际，英雄们留下了一份份珍贵的记录："我最最亲爱的人，不是我无情，我别无选择，只因国家民族到了存亡的边缘，我辈只得奋不顾身，挽救于万一。"

"我的肉体即将陨灭，而灵魂仍与你们同在。"

是的。1949 年 10 月 1 日，新中国成立的消息传到监狱时，你和难友们用被面和衫衣，一针一线，缝制了一面五星红旗。罗广斌同志还创作了一首题为《我们也有一面五星红旗》的诗。

新中国成立后，从白公馆的地板下面取出的这一面特殊的五星红旗，它如今保存在红岩革命历史博物馆，成了黑暗岁月里红色记忆的生动见证。

1949 年 10 月 28 日，陈然等 10 名同志在重庆大坪被公开杀害；

11 月 14 日，江竹筠、李青林、齐亮、王敏、杨虞裳、蒋可然、何忠发等 30 名同志被秘密杀害；

11 月 27 日，刘国志被押出牢房，他回过头对罗广斌等同志说："再见吧！同志们，我先走一步了。如果哪位同志活下来，一定要把刽子手们今天凶残的屠杀向人民公布。"

那些天，重庆渣滓洞，人影诡异，空气凝重。不断有吉普车突然驶进，又悄然驶出。荷枪实弹的特务们随时像疯狗一样，大喊大叫，令人毛骨悚然。

然而，敌人永远不会明白，你和你的战友，是杀不尽的。因为，你不是一个人，十个人，百个人，而是千千万万中国人共同拥有的一种精神，一种信仰。

敌人永远不会明白，你和你的战友，用良知和青春捍卫的，是灵魂深处散发出来的人性的光辉。

敌人永远不会明白，你和你的战友，用热血和生命捍卫的，是强权之下永不屈服的自由的灵魂！

谢晋元：
国旗在炮火中飘荡！

"中国不会亡／中国不会亡／你看那民族英雄谢团长／中国不会亡／中国不会亡／你看那八百壮士孤军奋战守战场！"

20 世纪 30 年代末，每一位爱国青年都会满怀激情，高唱这首"中国不会亡"。80 多年后的今天，当我们再唱这首壮歌，依然情不自禁，泪流满面。

只因为你和你的战友们，那青山不改千秋英烈的热血；

只因为你和你的战友们，那浩气长存万古军人的忠魂。

透过历史的硝烟，追寻流淌的血迹，你的一言一行无不令人崇敬：作为抗日战争期间中日第一次正面较量，淞沪会战是双方投入最多、战斗最为惨烈的战役，这场战役持续 80 多天，最终以上海市市长俞鸿钧沉痛宣布"上海沦陷"而结束。

然而，你和你的八百壮士成为这场战役的冲天火焰。1937 年 10 月 26 日，宝山大场防线失守，88 师决定让 524 团第一营死守上海最后一块国土——四行仓库。孙元良师长问你："孤军作战，没有后援，随时殉国，你可愿去？"你庄严回答："人生必有一死，此时此境而死，实人生之快事也。"随后对部下慷慨激昂道："我们常言杀敌报国，今天终于有了机会！这里就是我们的坟墓！"

是的，这场战役，日本虽是获胜方，但也付出了从未有过的惨痛代价，中国军人的正气和血性，狠狠打击了日寇"三个月内灭亡中国"的妄想，极大地鼓舞了全国军民抗击入侵者的决心！

公共租界英军司令史摩莱少将赞叹："作为经历过欧战的军人，我从未见过有比中国'敢死队员'在保卫闸北战斗中更英勇、更壮烈的表现。"

1939年9月18日，你在上海孤军营给父母写下遗嘱："大丈夫光明而生，亦必光明磊落而死。男对死生之义，求仁得仁，泰山鸿毛之旨熟虑之矣。今日纵死，而男之英灵必流芳千古。"

时间无声，大地留痕；前人流血，后世铭恩。

你是感天动地的中国军人，你是八百壮士的不屈灵魂，你是民族英雄谢晋元。

你带领一群不屈的灵魂，抗击着残暴的入侵者。

"四方都是炮火／四方都是豺狼／宁愿死不退让／宁愿死

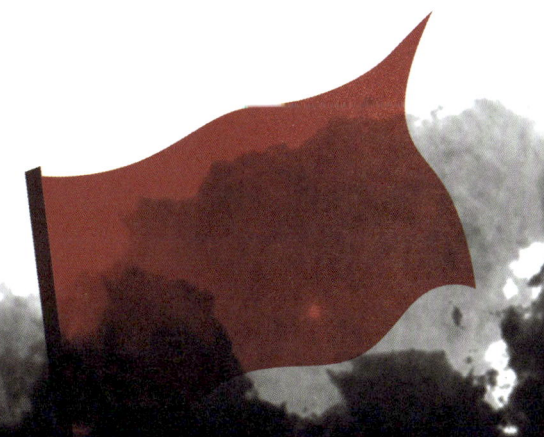

不投降 / 我们的国旗在重围中飘荡！飘荡！八百壮士一条心 / 十万强敌不敢当 / 我们的行动伟烈 / 我们的气节豪壮。"

还是那首《歌八百壮士》，在电影《八百壮士》主题曲中，变成"中国一定强"。我看过一遍又一遍，听过一遍又一遍。每次看，每次听，我都禁不住涕泪交织，热血沸腾。

当历史拂去厚厚的灰尘，当电影再现一个个场景，当一个个有血有肉的亲人在炮火中呐喊、倒下，我才真切感受今天的一切来之不易，今天的和平更不是理所当然。从淞沪会战中，我看到了武汉会战、台儿庄战役、长沙会战、雪峰山会战、滇缅之战等一系列战争的残酷与惨烈。

国难当头。你和你的战友们把热血当炮弹，把阵地当坟墓，用有限的 400 多人抗击十倍于你的凶残敌人，勇猛！无畏！一往无前！

你给妻子凌维诚的信中说：为国杀敌，是革命军人之素志；军人不宜有家室，我今既有之，心非铁石，但职责所在，为国当不能顾家也。

你对冲来的日寇怒吼：不是我炸了你，就是你炸了我。我死了，也要将一块白骨落到你的屋顶上！

你对战士们说：撑得住就撑，撑不住，一颗手榴弹，天堂地府，后会有期！

日寇以 50 万大洋和师长之位策反，你掷地有声：宁为汉鬼，不为汉奸！陈公博当上伪上海市市长后，多次劝降，许诺你做第一方面军司令。你将委任状撕碎，大骂卖国贼，斥道：中国人决不当外国人的走狗！

啊，你和你的战友们，迎着炮火，含笑而去。可你们跟我们一样，都是渴望活着、爱好和平的。当山河破碎、国家危亡时，你们舍弃爱情，抛下父母、孩子和亲人，奋不顾身冲上前线。你们是不屈的军人，是中国的脊梁！

毛泽东题词称赞你们："八百壮士，民族革命典型。"

2014 年，你和"八百壮士"入选首批 300 名著名抗战英烈和英雄群体。

2015 年，民政部正式批准，追授你为中华人民共和国烈士。这正是：

一寸国土一寸血，为赴国难身先去；

一堆炮火一堆魂，重整河山待后生！

真正的执着，像遥远的爱，是坚硬的。

执着，是一个意念，一种情怀，一份超越。

执着，是内心涌起的纯洁，是对未来的憧憬。

执着是行动，不是盲动。

执着是探求，更是担当。

执着，是夸父追日的豪迈，是飞蛾扑火的壮烈；

执着，是一份倔强，更是一份斗志。

这份倔强，

让一个强大的国家崛起；

这份斗志，

让一个光荣的民族屹立于世界之林。

第三章

坚硬的执着

夏明翰：
砍头只当风吹帽

　　每次走近你，都会想起泰戈尔的诗句："生如夏花之绚烂，死如秋叶之静美。"你短暂的生命，恰如那蓬勃热烈的夏花，纵使从暴雨中跌落，也无怨无悔，扑向大地，保持最后飞翔的姿势，保持对虹的祝福，春的依恋，生的向往。

　　很难想象，在临刑前的最后时刻，你还能写下惊天地、泣鬼神的《就义诗》："砍头不要紧，只要主义真。杀了夏明翰，还有后来人。"这浩然之气从何而来？诗人萧三回忆你时，感慨道："夏明翰同志党性很纯洁，没有一点花招，扎扎实实，不说假话。要说他的性格、脾气，四句诗完全可以代表，是真心话，没有做作，很难得的就是他这言行一致。"

　　是的，"诗言志，歌咏言。"你不是一时冲动，而是真挚情感的自然流露。

　　早在 1920 年，何叔衡就赋诗相赠："神州遍地起风雷，投身革命有作为。家法纵严难锁志，天高海阔任鸟飞。"

　　而谢觉哉说你有着"忠实、勇敢、诚实、坚决——最崇高的布尔什维克品质"。

　　何叔衡和谢觉哉都是你的亲密战友，他们的言语是革命同仁对你的期待、认可与赞许。

星火成炬

　　你出身官宦世家，成为一代伟人毛泽东早期革命工作的得力助手，他说你"比《红楼梦》中的贾宝玉强多了"，虽是戏称，却从阶级角度，肯定了你的追求。毛泽东既是你的入团、入党介绍人，还是你的媒人，在中国共产党历史上，享此殊荣的唯你一人。

　　你的就义诗成为执着理想的革命绝唱。同样成为绝唱的，是你"一门五忠"的红色传奇：1928 年，短短的两个多月，你的五弟、七弟、你和你的四妹先后遭到反动派杀害，年龄分别是：21 岁，20 岁，28 岁，26 岁。一年多后，你的外甥也在红军某部执行任务时壮烈牺牲，年仅 19 岁。

　　你的传奇人生离不开母亲陈云凤，作为清末"铁面御史"陈嘉言的长女，她能诗善文，刚毅正直，1922 年当选为衡阳县参议员，成为该县历史上第一个参政的女性。她既是你们兄弟姐妹的母亲，也是你们走向革命的启蒙老师和坚定支持者。当悲剧一再发生，她还赋诗安慰、鼓励你的大姐："雁断何须添烦忧，自有旌旗映红楼。好护瑶琴弹旧曲，莫将凤纸写离愁。"

　　你这坚强的英雄的母亲，同样是历史的传奇和革命的绝唱啊。

　　2005 年，中央召开保持共产党员先进性专题报告会，你与李大钊、方志敏一起，被党中央高度赞扬为我党历史上杰出的三位共产党人。

"砍头不要紧，只要主义真。杀了夏明翰，还有后来人。"

你是这首诗的作者。无论多高的荣誉，你都是值得的。

因为，你是夏明翰。砍头只当风吹帽。

你原本就是一名诗人，一名有血性的诗人啊。

你既有诗人的敏锐、执着，又有诗人的浪漫、机智。

不平则鸣，是你的书写风格；

一鸣惊人，是你的人生追求。

1922 年初，惊闻黄爱和庞人铨两位无产阶级战士被反动军阀赵恒惕杀害，你拍案而起，写下悼诗《江上的白云》，愤怒地发出"我羡慕你们的牺牲，我羡慕你们的勇猛"的呐喊。

1959 年 8 月，中国青年出版社推出《革命烈士诗抄》，收入你的三首遗诗，除《就义诗》外，还有两首，亦为狱中所作，其中一首《金鱼》，你直抒胸臆，"鱼且能自由，人却为囚徒"，读来催人泪下。

革命同仁谢觉哉说你的遗诗："句句是诗，字字是血。如游龙般天骄，如震雷般响彻。"而熊瑾玎更是赋七绝一首，赞扬你的英雄气节："诗抄连日展晴窗，读罢频添泪万行。粉骨碎身心似铁，反封倒帝笔如枪。"

你天生就是一名诗人啊。

只有诗人，面对反动派残酷的审问，才能作出如此奇妙的回答：

你姓什么？我姓冬。明明姓夏，为什么要说成姓冬？我是按你们的风格讲话。你们是非不分、颠倒黑白，把杀人说成慈悲，把卖国说成爱国。所以我才把夏说成冬，让你听起来更自然。你多大年

岁？我是共产党，共产党万万岁！你的家在哪里？革命者四海为家，我的家在全世界！最后说一遍，你们的人都在哪里？我们的人都在我心里……

这是最后时刻，你气贯长虹，用一支断笔，写下感天动地的《就义诗》；

这是最后时刻，你壮志凌云，用一颗红心，写下共产党员的《出师表》；

这是最后时刻，你坚如磐石，用青春、热血和生命，写下名垂青史的壮丽诗篇！

杨靖宇：
碧血青蒿两千古

　　不知怎么，每次听到你的故事，我总是情不自禁，将李叔同的《送别》改为《送你》："长城外，黄河边，烽火赤连天。晚风索命笛声残，血染山外山。"

　　就这样难以自拔，以澄明的崇敬，一次次想象你腾空而起的忠魂；

　　就这样身不由己，以炽热的情怀，一遍遍感受你千锤百炼的痴心。

　　怀揣这一份澄明和炽热，我再一次来到遥远的东北边陲。绵绵细雨，不是清明胜似清明。濛江小城，因你的英勇而扬名中外。

　　"红旗招展，枪刀闪灿，我军向西征。大军浩荡，人人英勇，日匪心胆惊。"这是你亲撰的《西征胜利歌》，当地人至今传唱，历久弥新。

　　你还写了另一首战歌："山河欲裂，万里隆隆，大炮的响声，……既有血，又有铁，只待去冲锋！"你就像火焰中的凤凰，在濛城的夜空，涅槃而生啊。

　　翻开历史，我读到彭真同志的报告，"中国革命有三件最艰苦的事：一是红军二万五千里长征；二是南方红军的三年游击战争；三是东北抗日联军的十四年苦斗。"

"十四年苦斗"！作为东北抗日联军第一军军长兼政委，支撑你"苦斗"的是铮铮誓言："在侵略者面前低头，就不配做中国人！"

1936 年 6 月，抗日联军第二军政委魏拯民赠送你一本《共产党宣言》，你如获至宝，回赠一把心爱的手枪："你送我精神食粮，我赠你杀敌武器！"这本反复翻开的书放在你的挎包里，一直伴随你到生命的结束。这份带血的执着，就是你不改的初心啊。

1949 年，郭沫若为你挥毫："头颅可断腹可剖，烈忾难消志不磨，碧血青蒿两千古，于今赤旗满山河。"这是你一生的光辉写照。

你是抗战期间唯一被党中央点名表彰的东北抗联杰出将领；

是唯一与毛泽东、朱德并列为东方各民族反法西斯大会名誉主席团委员的中共党员；

是新中国成立以来唯一被朱德题写"人民英雄"的军人；

是唯一享有政治局委员和元帅规格葬仪，并被毛泽东、周恩来、刘少奇、朱德同时敬献花圈的革命先烈；

是唯一受到党中央两代领导核心题词的东北抗联领导人……

你是荣誉加身的殉国者，是无怨无悔的爱国者，是农民的儿子、大地的儿子、人民的儿子——杨靖宇。

你在遮天蔽日的暴风的中心，写下了伟大的英雄史诗。

"恨不抗日死，留作今日羞。国破尚如此，我何惜此头。"

这是革命先烈吉鸿昌的《就义诗》，你和你的将士们有着同样的决心。作为中国共产党领导下对日作战最早、条件最艰苦、历时最长的抗日武装，你和你的战友们经历了民族解放战争中最为惨烈、最为悲壮的峥嵘岁月，写下沉重而光辉的一页：东北抗联 5 万多名将士，血染疆场不计其数，仅师以上战死者就达 120 多位，军以上干部 40 余位，共消灭日伪军 18 万人，牵制日本关东军 70 多万人，铸就了彪炳千秋的英雄史诗。

你是马尚德，是顺清、骥生、你是张贯一，乃超，而"靖宇"二字，满语就是"驱逐外敌"的意思。杨靖宇，是历史为你定格的名字。你的一生真实诠释了"中华民族有同自己的敌人血战到底的气概"。

这样的气概，不仅永铭后世，也为你的敌人所敬仰。

2019 年 10 月 24 日下午，一个由日本和平人士组成的访问团，来到你的陵园，向你的铜像拜谒、献花。访问团中年纪最大者 91 岁，最小者 21 岁。他们带来了一份"谢罪书"，署名人为 84 岁的岸谷和，她是当年杀害你的日军岸谷隆一郎的亲侄女。日本战败前夕，岸谷隆一郎在毒死两个女儿和妻子后，服毒自杀。

作为战犯后代，岸谷和早在 20 多年前，就曾化名前来拜谒并谢罪。但她觉得还不够，她要以文字的形式，更加庄重地为包括自己叔叔在内的日本军国主义犯下的滔天罪行谢罪……

"青山遮不住，毕竟东流去。"这一切，你在天堂都看到了吗?

赵尚志：
追光者的头颅

　　是什么铸造了你？尚志，这么一个无私的名字。你脚下的松花江来回奔腾，在苦难的浸泡里，你的目光像火一样热烈。你的声音传递尽忠报国和民族大爱。你的忧伤长在古老的土地上，你跟在光明的后面，追随启迪你智慧的人，追随将你的光明引向更高更远的人。

　　你将梦托付给家人，将思念交付给异乡，你选择出发，就是选择跟国家存亡和民族复兴连在一起。你选择出发，就是选择海角天涯！可是，你还来不及走出故土，就被罪恶的黑咬住。你听见周围发出一阵阵狼的嚎叫，像锯子一样割裂你的心脏。

　　是什么铸造了你？尚志，这么一个奉献的名字。你在歌唱处开花，你在激流中破碎，你陷入瓦砾的沟壑，那是痛苦钻出的枯井！风打麦波，雁送征人，你披靡无数，被屏逐于千里之外——那又如何？只要还有敌人，战斗就没有停止！

　　面对日伪军的疯狂"讨伐"与"清剿"，你和你的抗联部队远征松嫩平原，爬冰卧雪，风餐露宿，作战百余次，狠狠打击了日伪军饿狼般的叫嚣。白纸黑字[1]，你冲天的豪气，至今回响在山水之间。

---

[1] 赵尚志曾写下一首《黑水白山·调寄满江红》，词中写道："争自由，誓抗战。效马援，裹尸还。"

是什么铸造了你？尚志，这么一个光荣的名字。你在黑夜中冲锋太久，你的疲惫连着你的伤痕，被你的血液所包围。黎明的光芒，照着你无畏的挺进。旌旗猎猎，你伟岸的身躯，像火炬一样夺目！你握住祖国母亲的手臂——你一握住，就不能放下。你嗅着母亲的肌肤，感受母亲的芬芳，你庄严地跪下身子，亲手为母亲盘好长发。你的口袋始终装着你对祖国母亲的庄严承诺——那满满的一口袋精神食粮，走到哪，吃到哪。

你合着血，合着水，合着泥——吃下去！你合着铁屑，合着钢片，合着炮火，吃下去！你把饥饿吃下去，把痛苦吃下去，把绝望、愤怒和抗争吃下去！你向母亲致敬，你向一颗饱经沧桑的心灵，献上圣洁的颂诗。你从浪尖到浪尖，应和着海的呼啸，你站在灯光的甲板上，犹如一名战斗的水手。

是什么铸造了你？尚志，这么一个朴实的名字。你，与人为善，与大地、村庄和河流为善。你并不是一个好斗的人，但为了捍卫你的善，捍卫大地的美，捍卫村庄和河流的尊严，你义无反顾地向恶冲去，向汹涌的黑暗冲去！直到被恶撕伤，直到被汹涌的黑暗吞噬[①]。

多少年，你的头颅一直下落不明，直至 2004 年 6 月，失踪 62 年的你的颅骨，才在吉林长春护国般若寺中被发现。青山含笑，你的头颅流血——你的头颅仍高高地昂起。

是什么铸造了你？尚志，这么一个崇高的名字。夜色深沉，炮火的轰鸣，夹杂着你嘶哑的呼喊。硝烟，撕去了最后的一页。长夜

---

① 1942 年 2 月 12 日，赵尚志率部与敌人作战时，身负重伤被俘，赵尚志宁死不屈，穷凶极恶的敌人割下赵尚志的头颅，运到长春庆功，而把赵尚志的躯体扔进了松花江的冰窟中。

终逝，时间苍茫，沉默的河底一层一层舒展。你敞开家门，看着母亲的河流不紧不慢地流淌，见证流离失所的黄昏，见证不喜不悲的过往。

是什么铸造了你？尚志，这么一个不朽的名字。你在河的那一头，我在河的这一头，中间隔着同一条河流——那是我们的母亲。

我想送你一片洁白，像水一样洗尘；我想送你一树繁花，像春天一样芬芳。但我只有口袋里装着的，母亲的语言；只有黑土地上不断生长的，零碎的记忆；只有在丘陵深处，静静躺着的你的灵魂。只有母亲含香的肌体，只有后来的和平与安宁，所有这一切——正是你伟大的信仰和梦想啊！

陈树湘：
催生光芒的光

炮声隆隆，波涛汹汹。天上是成群的飞机，脚下是刺骨的河水……

1934年，30余万敌军在湘江东面狭长的地段上，布下天罗地网。

危急，危急，我军陷入绝境！

突围！突围！我军别无选择！

谁来殿后？红五军团！

在这场为命运而战的关键战役中，作为全军总后卫，这个位置，意味着什么？

意味着更多的责任，更险的战斗，更大的牺牲。

当天崩地裂、生离死别的时候，殿后者必须把"活着"送给别人，把"死亡"留给自己。而你，作为红五军团的一名师长，你扬鞭跃马，挥刀出阵，率领红34师，用血肉之躯，筑起钢铁屏障，成为"后卫中的后卫"，成为横渡湘江的铿锵盾牌，成为压不垮、打不倒的"血色雄狮"。

这是你的执着与骄傲：面对10倍于你的敌人，你率领6000将士，以近乎全部阵亡的代价，换取了中央红军的渡江胜利；

这是你的意志与荣耀：当弹尽粮绝，被俘之后，你躺在担架上，从腹部枪口处，拉出肠子，奋力搅动，实现了你"为苏维埃新中国流尽最后一滴血"的誓言。

你的壮举令敌人震惊与暴怒，他们将你的头颅割下，挂到老家的城墙上，你的血流到了家门口，你的母亲和妻子都认出了你，她们没有想到，你以如此惨烈的方式回家……

在电视剧《长征》中，一个镜头令人动容：当时失势的毛泽东拄着木棍，从小小木桥上沉重走过，湘江血水，让他肃然。当听到你们全军覆没时，他反复念叨着红34师和你的名字。

这一仗，宣告了左倾冒险主义的失败。不久，毛泽东重新回到我党我军的领导核心，他挥笔写下："山，刺破青天锷未残。天欲堕，赖以拄其间。"

是的，你是中国革命的擎天柱，你是"绝命后卫师"的指挥官，你是长征中牺牲的第一位红军师长，你是断肠英雄——陈树湘。

湘江战役是中央红军生死攸关的一次决战，虽然付出了惨重代价，但冲出了重围，保留了中国革命的骨干力量，为星星之火燎原全国奠定了基础。

毛泽东曾经伫立湘江之畔，既发出"问苍茫大地，谁主沉浮"的呐喊，也写下"到中流击水，浪遏飞舟"的豪迈。红军主力横渡湘江之后，这条英雄河在剧痛中慢慢沉淀，恢复元气。美国战地记者斯诺在《西行漫记》中，称湘江是"中国南方一条绝美的河流"。

"绝美"，就是决绝之美、血色之美啊。因为你，因为红34师，因为横渡湘江的生死之战，湘江，配得上这个评价。

2014年10月，在福建古田召开的全军政治工作会议上，习近平总书记动情地讲述了你的故事，认为你是"不忘初心、牢记使命"的杰出代表。

你倒下的时候，仅仅 29 岁，而红 34 师的将士们，平均年龄不到 23 岁。作为这个师的灵魂，你就住在湘江边上，在长沙城一个叫作小吴门的地方。当年，你的血流回家时，你的母亲还在，你 30 岁的妻子陈江英也在。7 年未见，2000 多天日思夜想，她们最后见到的，竟然是你被反动派割下、拿来示众的、血淋淋的头颅。这怎不叫人撕心裂肺、悲愤交加啊？

但这一切，由不得你。面对生死，你从未犹豫。你把一切献给了革命，献给了党，你短暂的一生，甚至来不及留下一张小小的照片。你现存于世的唯一的"头像"，是根据你的战友韩伟将军的描绘，由一位画家"画"出来的。当你的"头像"与 40 多幅画像混在一起，送到你生前战友、早期担任过红 34 师 100 团政委的张力雄面前时，这位百岁高龄的将军很快辨认出来，只见他眼睛一亮，惊道："这是陈师长啊！"然后，老将军不顾劝阻，颤巍巍地从轮椅上站起来，努力挺直身子，对着你的画像，缓缓举起手，庄严地敬了一个军礼："报告师长，张力雄向您报到！"礼毕，老将军老泪纵横……

此刻，我站在湘江北去的河岸，思绪翻滚。一首诗歌横过湘江，翻山越岭，来到古老的城墙。

泥土里的光芒，是你最后坚实的沉默。

你让我相信：来自泥土的，必回归泥土；来自光芒的，必催生光芒。

张自忠：
军人的武德——血战到底！

黑云压顶，炮火连天。大家劝你不要去，你执意要去。你知道前方的凶险，你一去，原本就没有打算回来。

你给副官留下一封信："因为战区全面战事之关系及本身之责任，均须过河与敌一拼……由现在起，以后或暂别或永离，不得而知。专此布达。"

这是力透纸背的绝命书。你做到了"受命之日忘其家，临阵之时忘其身，军人之武德，于斯尽矣"。

面对疯狂的入侵者，你激励将士："国家到了如此地步，除我等为其死，毫无其他办法。更相信，只要我等能本此决心，我们的国家及我五千年历史之民族，决不致亡于区区三岛倭奴之手。"

危急关头，你向代师长马贯一传话："对敌人要狠狠地打！子弹打完了用刺刀拼，刺刀断了用拳头打，用牙咬！"

很快，你又追送亲笔手谕："马贯一，你当兵就跟着我，我绝不会亏待你。现在到了国家民族生死存亡之际，正是我们军人杀敌报国之时。这次对敌作战，你只管拼命打，打好了完全是你的功，打不好我完全负责！"

这样的叮嘱，字字带血，句句含情。你曾在诗中写道："谁许中原与乱兵？未死总负报国名。会有青山收骸骨，定教鸟兽祭丹心。"

星火成炬

这就是你的赤胆忠心，这就是你的高风亮节。有这样的总司令在战火最前沿督战，死了又有何憾？最后时刻，有人劝你转移，说已遭敌"包围"，不做不必要的"牺牲"。

你一听，勃然大怒："当兵的临阵退缩要杀头，总司令遇到危险可以逃跑，这合理吗？难道我们的命是命，前方战士都是些土坷垃？什么包围不包围，必要不必要，今天有我无敌，有敌无我，一定要血战到底！"

将军壮哉！你的言行诠释了"气吞山河"，你的意志彰显了"雷霆万钧"，你的"怒气"必将流芳千古。

自抗战以来，你先后与板垣征四郎、筱冢义男、冈村宁次等悍将交手，令"不可战胜"的狂妄之敌胆战心惊、气急败坏。

最后的枣宜会战，在武器装备和后勤补给的巨大劣势下，你以1500将士抵抗6000侵略者，日寇发动9次自杀式冲锋，你和将士们前仆后继，血洒沙场，直到一兵一卒，无一生还。

将星遽落，举国同悲。你是抗战中以集团军总司令职衔为国捐

躯的第一人，是第二次世界大战反法西斯阵营中50余国壮烈牺牲的最高将领，你是"卓哉将军，军中之神"——张自忠。

"人生自古谁无死，留取丹心照汗青。"人固有一死，或重于泰山，或轻于鸿毛。在你的心底，死，并不是可悲的事情，虽生犹死才是。一个人，只要活在活着的人的心里，就是没有死去。

不惧死，不畏生。你就是这样的一个人。在你49年的人生历程中，留下的言论并不多，最多的一个字，竟是"死"。

早在临沂之战，你说："我的生命已由九死一生的环境挣扎出来，尚可证明上天尚有为民族求生存之伟大使命交付给余。故余日前已与部属共同宣誓，决以吾等全部生命完全还与国家，纵最后只有一枪一命，亦不能望其苟存！"

给弟弟写信，你说："吾一日不死，必尽吾一日杀敌之责；敌一日不去，吾必以忠贞至死而已。"

对部下训话，你说："军人要做到'鞠躬尽瘁，死而后已'，才算完成军人的责任。有机会，我一定带着你们找一条死路去。"

与友人恳谈，你说："等待时机，舍身成仁，给全军树立一个榜样……"

说来说去，离不开一个"死"。最终，在1940年5月16日，你践行诺言，慷慨赴难。一代名将，就此归去。

与你同时赴难的将士有：张敬少将、洪进田上校、马孝堂少校、贾玉彬、白振瀛、赵世森、崔荣祥、徐蔚峰、李世昌、赵德志、王金彪、史全胜……以及许许多多没有留下名字的英雄。

你的"死"引爆了国人的血性，坚定了民众抗战的决心；

你的"死"获得了"永生"的价值，成了"不死之死"。

因为你，董必武赋诗："男儿抗日死沙场，青史名垂姓字香。中原倘有英灵护，怎让倭奴乱逞狂。"

因为你，周恩来撰文："其忠义之志，壮烈之气，直可以为中国抗战军人之魂。"

你的灵柩运离宜昌，十万军民列队目送。天还未亮，一位老太太带着刚做的热腾腾的面食，与一家五口齐刷刷跪在路边，疾泪纵横："将军！您生前我无能为您做丁点儿事，今天，我一定要为您送一顿饭。"

原来，两年前，你征战归来，逃荒中的老太太，躲避不及，被人驱赶。你跳下马背，厉声制止，上前道歉："卑职管教不严，您受惊了！"并掏尽身上所有，送予老太太……

你做的一切，全凭良心，不求回报。

你为国家、为民族、为百姓做多少，大家心里有一杆秤。

你不说，大家知道。

你走了，天下的雨水，地上的眼泪，就是你生命的重量。

你的死讯，直到两个多月后，才被你的爱妻李敏慧知晓。她没有哭泣，平静说道："将军为国家战死，我不难过。国难之下，也有我一份。"她有条不紊，向弟弟交代完毕，然后走进卧室，锁死房门。一根香烛，双手作揖："将军，我到你身边，是多么的遥远。死亡离我是如此的近，它让我亲切、温暖，不再寒冷……"绝食七天，她含笑而去。

李敏慧死后，与你一起，葬在南京梅花山上。

那里，再也没有战火，只有爱情化蝶，知音同飞；

那里，再也没有仇恨，只有红袖添香，地老天荒……

初心，既简单，又高贵。

初心就是赤子之心，善良、童真和爱。

坚持初心，就是明白自己需要什么。

对玄奘而言，

初心，就是去西天"取经"；

对革命者而言，

初心，就是革命成功；

对建设者而言，

初心，就是国家富强；

对学生而言，初心，就是成为有用之材。

坚持初心，就是坚持濯尘，坚持良知；

坚持初心，就是不断磨砺，成为更好的自己。

第四章

高贵的初心

毛泽建：
一代女杰留芬芳

你是菊，有菊一样的坚韧；

你是剑，有剑一样的锋利。

从童养媳到游击队队长，是你从菊到剑的经历，也是你短暂一生的过程。

时代的眼泪落在小小的菊上，你不曾屈服；

大地的风暴掠过薄薄的剑刃，你引颈承受。

在黑色的夜里，你取名"日曦"，让清澈的眼里装满太阳。

你是年轻的"囚徒"，是没有奶水的母亲。你把儿子取名"贱生"，别人听不下去，你苦涩一笑，那就叫"艰生"吧。无论你多么坚强，面对自己的儿子，你终归是满心的欢喜和倾心的爱，你想把全部的心掏出来，化为万般柔情，喂给他。可是，当反动派要你在儿子和信仰中作出选择时，你咬破手指，写下"毛泽东是有希望的，革命一定会胜利"的血书，眼睁睁地看着反动派夺走你的儿子。

可怜的儿子，那是你身上掉下的肉啊，是你和丈夫陈芬的爱情结晶啊。无论是"贱生"还是"艰生"，你简单的愿望是他能够活下来。

然而，你至死都不知道，反动派从你怀里抢走儿子后，留下撕心裂肺的啼哭，那刀子一样的哭声，是襁褓中的儿子对你的依恋和永别。

你倒下的时候正是中国革命的黑暗时期。朱德指出："1927年的中国革命，等于1905年的俄国革命。俄国在1905年革命失败后，是黑暗的，但黑暗是暂时的，到1917年革命终于成功了。中国革命现在失败了，现在也是黑暗的。但是黑暗同样遮不住光明。"

是的，黑暗终究遮不住光明。你没有找到朱德，他已转身。你的兄长也转身，他已从人生低谷走出，中央的"九月来信"使他重返红四军。他在发出了"战地黄花分外香"的感叹后，又写下铿锵宏文——《星星之火，可以燎原》。

"出生入死闯险关，革命火种撒南湘。夫妻碧血染云霞，一代女杰留芬芳。"这是你和你的丈夫陈芬烈士光辉一生的真实写照。

你的生命定格在24岁的年轮上，你是共和国英雄毛泽建。

诚然，你生在那个黑暗的时代，这是你的不幸；

可是，你在那个黑暗的时代被一束光照亮，你和你的丈夫用鲜血将光擦得更亮，照亮更多的人。你因此被后人铭记，这是你的幸运。

从南昌起义的枪声，到秋收起义的喋血；从白色恐怖的追杀，到湘南起义的洗礼，中国革命从谁也料想不到的地方开始。在漫漫长夜，你经历属于自己的一段，就像许许多多的革命者一样，你无法经历全部。你在革命低潮的时候倒下，但你是光明的捍卫者，是红旗的接力者，是薪火的继承者。

你原是一滴小小的水，因为投身到革命的大海，你获得了永生。

当毛泽东、朱德两支韧劲十足的起义部队会师井冈山，谁会想到，神州大地上刮起的"朱毛风暴"跟共和国的命运紧紧地连在了一起。最终，你的兄长以强者的巍峨和胜利者的自豪，庄严地站在天安门城楼，向世界宣告一个伟大时刻的诞生，一个全新时代的开始。

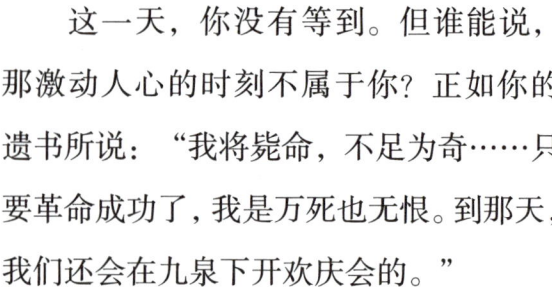

这一天，你没有等到。但谁能说，那激动人心的时刻不属于你？正如你的遗书所说："我将毙命，不足为奇……只要革命成功了，我是万死也无恨。到那天，我们还会在九泉下开欢庆会的。"

我相信，你的兄长的庄严宣告，你一定听到了，而且一定会举杯同庆的。

你是毛家兄弟最疼爱的小妹，是你的兄长经常牵挂的"菊妹子"，是我国最早的女游击队长，是湘南起义的积极参与者，是毛家第一位为中国革命牺牲的烈士，也是毛家所有子女中最让人心疼的一位！

你的丈夫陈芬被反动派割下头颅，装在笼子里，挂在桥头"示众"三天。你出生不久的孩子，因为你被关进牢里，来不及吃上几口奶，不满百天便夭折了。你一家三口，无一幸存。

你有另一种选择。但你选择了最苦的一条道，并且坚持把它走穿。

你是"毛泽东之妹"，这个身份让你危险；你"身负共党要务"，这个角色让你的处境险上加险；你坚持信仰不动摇，这种骨气决定你的最终遭遇：你

不仅承受抽皮鞭、压杠子、拔指甲的折磨，还被灌辣水，被敌人用灼热的铁丝穿透你的乳房……

你剑气十足，临刑前发出的怒吼依然是"革命者不怕死，怕死不当共产党"！

你敬爱的兄长在对待家人的情感上，总是克制、含蓄、深沉。就在你牺牲20年后，革命成功了，你的兄长对家乡来的同志说：菊妹子的牺牲很可惜，她是个好同志！

"是个好同志！"多么朴素的一句话，这是你的兄长对你的评价。就像后来听到毛岸英牺牲的消息一样，他也是强忍悲痛，淡淡地说：战争嘛，总会死人的。岸英只是无数牺牲的战士中的一个。

伟人也是平凡人，英雄也是有血有肉、有情感的人，但为了国家和民族的利益，你们只能化成钢，变成铁，让钢铁般的意志在熊熊的火炉中铸造一个个红色传奇，升华一颗颗伟大的灵魂。

"天地英雄气，千秋尚凛然。"无论是"为有牺牲多壮志"，还是"遍地英雄下夕烟"，抑或是"人民英雄永垂不朽"，这些锃亮的诗句，这些雷霆般的题词，难道不是对你、对毛家其他的革命烈士以及千千万万的共和国英雄的最高礼赞吗？

杨惠敏：
上海童子军第41号

　　你从未想过要当英雄。直到所有人认为你就是英雄，你依然认为，自己所做的，只是一个中国人应该做的事情。

　　历史可以把这个任务交给任何一个人，可为什么是你而不是别人？我想，这源于你的热血，你的担当，你的勇敢。一句话，是你主动争取到了这个机会。

　　明明22岁，你偏说17岁，你因此成了上海童子军中的一员。在淞沪抗战中，你加入战时服务团这个光荣组织，你的臂章是第41号，这是你的特殊身份。

　　你在前线救护组。你跟服务团其他姐妹一样，白天在医院里忙碌，为伤员清洗伤口，写家书，讲故事，缝衣服，给伤员精神安抚，晚上则去商行劝募。不久，你成为难民服务队的小队长，率领4男2女共6名童子军，为1000多名难民服务。你从早到晚，像个陀螺，忙个不停，艰辛而充实。

　　淞沪抗战是抗日战争和世界反法西斯战争的重要战役，其规模之大，战斗之惨，足以载入世界反法西斯战争重大战役的光荣史册。

　　你在光荣的时刻挺身而出，举起中国国旗，点燃了谢晋元和"八百壮士"的血性，也点燃了千千万万不愿做奴隶的中国人奋起抗战、奔赴战场的意志和决心！你青梅竹马的王牌飞行员陈怀民驾

机撞向入侵者，就是一个悲壮的例证。

在那个寒冷的暗夜，在那个激荡的黎明，你冒死献旗的壮举被时代铭记：你的照片和事迹登上报纸的头条位置，《良友》画报把你作为封面人物，阳翰笙编剧的影片《八百壮士》应势而出，刘海粟根据你的事迹创作发表了《四行仓库》……所有这些，都在表达同一主题：向英雄致敬！

随后，作为宣传抗战的"形象大使"，你应邀赴美参加世界青年第二届和平大会，得到罗斯福、甘地等人的热情接见，被美国媒体称作"中国的圣女贞德"，极大地宣传了中国的抗战……

你知道"从哪里来，向何处去"，你明白"做一个什么样的人"才是你生命的价值，你实现了自己的初心，成为战火纷飞、苍茫夜空中的闪亮之星。

历史选对了人，你也成就了历史。

你是平民，是童子军，是杨惠敏。

1938 年 6 月 5 日下午 3 点，汉口。山河肃穆，天空低垂。全国各地 2 万多名代表齐聚于此，参加陈怀民等烈士的公祭仪式，黄炎培担任主祭。

莅临现场的除南京当局最高领导和一批显赫政要外，一位特殊的致祭者引人瞩目，那不是别人，正是你。

你与陈怀民青梅竹马，彼此喜欢却从未表白。当你离开家乡去上海时，陈怀民也成了一名飞行员。当你向谢晋元送去国旗时，陈怀民则参加了多次空战，成为王牌飞行员。1937 年，陈怀民第一次作战，在杭州上空，击落 3 架敌机。9 月 19 日，日本 30 多架飞机入侵南京，陈怀民以一敌四，击落 1 架敌机后，座驾被击中，飞机撞上大树，陈怀民血肉模糊，死里逃生。台儿庄战役，陈怀民驾机冲向敌机，敌机被撞毁，他成功跳伞。这是他的第一次撞击。

1938年4月29日，日寇出动36架轰炸机、12架战斗机，扑向武汉。陈怀民迎头痛击，开战5分钟，成功击落1架敌机。敌人疯狂反扑。陈怀民中弹，座驾油箱起火。危急时刻，他大吼一声，撞向日本"红武士"高桥宪一，与之同归于尽。此一战，击落敌机21架，我方损失飞机11架，武汉市民目睹了空战……

仿佛冥冥之中的安排，陈怀民牺牲的前一天，原本天各一方的你们，竟然意外重逢。那真是刻骨铭心的重逢。

你说："我已决心从军服务，一切困苦在所不顾。只要我有一只手存在，就做一只手能做的工作，只要我有一只脚完全，那我就走一只脚能走的途径。"

陈怀民说："我从不认为日本人比我更勇敢。每次飞机起飞的时候，我都当作最后的飞行。与日本人作战，我从来没想着回来！"

你说："在今日形势之下，每个民众，都要明了，我们的身子并不是父母的，而是国家的。每个人民都是国家的子女，国家就是每个人的父母，国家灭亡了，就是父母死了。一个没有父母的子女是怎样的痛苦啊，一个没有国家的人民又是怎样的痛苦啊！"

你离开的那晚，陈怀民写下最后一篇日记，也是对家人的交代："我常与日机在空中作战。打仗就有牺牲，说不定哪一天，我的飞机被日机击落……你们不要悲伤……我是为国家和广大老百姓而死，死得有价值……望父母节哀，也希望哥哥、姐姐、弟弟和妹妹继续投身抗日，直到把日本侵略者赶出中国。"

陈怀民的妹妹陈天乐，目睹了哥哥的壮举，悲痛欲绝，她把名

字改成"陈难"，长跪于地："哥哥不在，何有天乐？"

陈怀民的父亲陈之静发现儿子的"日记遗嘱"，强忍悲恸："怀民之死，颇得其所，惜其为国，尽力太少。"

陈怀民的女友王璐璐闻讯，当即昏厥，醒来后，久久不能释怀，5月底的一天，她带着令人心碎的美，纵身一跃，投入汹浪翻滚的长江。

所有这一切，你都知道，感同身受，泣不成声。

你还知道，在武汉张自忠路的前面，有一条不长的路，叫陈怀民路；你们家乡镇江市也有一个村，叫"怀民村"，都是对英雄的纪念……

告别的时刻终于到了，一向"假小子"装扮的你，特意脱下标志性童子军男装。你从没穿过裙子，这一回，破天荒地穿上一条长裙。人们惊讶地发现，你是这般的美丽，身材修长，胸前一朵白花，映出你的哀伤与憔悴。

你喃喃自语："怀民，我儿时的朋友啊，此刻，你在天上看我吗？"

直到晚年，你还保留陈怀民所驾驶的飞机上的一枚残片。每每提起这个名字，你总是情不自禁，老泪纵横……

陈觉：
花环一束，彩蝶双飞

90多年前，你是典型的"富二代"。你干革命，真正从自己头上"开刀"，把自家的田土全部"革"掉。你对乡亲们说："分到我家里的田只管种，还可以在土地上筑大路、垒塘坝、开水渠、蓄鱼放鸭，爱怎么搞就怎么搞，有官司就打到我这里来！"

你有着光鲜的履历：7岁入读私塾，与蔡申熙、左权、宋时轮等一代英豪"恰同学少年"，22岁入莫斯科中山大学深造，在那里遇到志同道合者赵云霄并和她结为夫妻。当毛泽东阐述"枪杆子里面出政权"的深刻道理时，你们夫妻看到了黑暗中国的亮光，一起参加了秋收起义。

后因叛徒出卖，你们夫妻二人先后被捕。面对敌人的囚禁和酷刑，面对老父的妥协、请求甚至乞求，你不为所动，慷慨赴难。

你给有孕在身的妻子写下一封遗书，让我看到了一个共产党员的高贵灵魂。在遗书中，你劝妻子"不可因我死而过于悲伤"。对于未见面的孩子，你交代："我的父母会来抚养他的。我的作品以及我的衣物，你可以选择一些给他留作纪念。"

你讲到对妻子的感激，留苏期间，你病得很重，"幸得你的殷勤看护，日夜不离，始得转危为安。那时若死，可说是轻于鸿毛，如今之死，则重于泰山了"。

对于父亲的设法营救，"其诚是可感的，但我们宁愿玉碎却不愿瓦全"。你说："前日父亲来时我还活着，而他日来时只能看到他的爱儿的尸体了。我想起了我死后父母的悲伤，我也不觉流泪了。"

你请求父亲将你们夫妻合葬在一起："谁无父母，谁无儿女，谁无情人！"你说："我们正是为了救助全中国人民的父母和妻儿，所以牺牲了自己的一切。我们虽然是死了，但我们的遗志自有未死的同志来完成。"

你说："大丈夫不成功便成仁，死又何憾！"

行刑时，刽子手居然在你的头部捶入一根长长的钉子，可见对你恨之入骨。你魂断穿石坡，其时，岳麓山上，枫叶正红，残阳如血。

你是醴陵人陈炳祥，是25岁的烈士陈觉。

你壮烈牺牲后，你的妻子义无反顾，继承你的事业。

多么残酷，又多么温情。

赵云霄，你是清末秀才的女儿，是烈士陈觉的妻子，是河北阜平人赵凤培，是王若飞发妻李培之的同学。19岁那年，你赴苏留学，找到了人生知己和革命伴侣。一年后，你和丈夫回到上海，见到瞿秋白、李维汉等中央领导同志，接受分配回湘工作。

你被捕后，因有身孕，被推迟受刑。4个月后，你在狱中诞下一名女婴，取名启明。狱中人多，空气污浊，马桶奇臭，你缺乏乳汁，女婴孱弱不堪。囚室铁窗很高，阳光照不进来，尿布湿湿的，你将尿布捆在腰上，垫在床上，用体温暖干。由于太冷，你将孩子贴在自己的胸口上暖她。你是多么爱你的孩子啊。

尽管生存环境如此艰难，但无法磨灭你的斗志。半个月后，反动派要对你下毒手了。你好不容易挤出最后一口血奶，细心地喂到

孩子嘴里，给狱友叮嘱一番后，便决然地走向屠刀，时年 23 岁。

你的丈夫给你留了一封遗书，你也给女儿留了一封遗书。在这封不到 700 字的遗书中，你叫了 5 次"启明"、1 次"小明明"、11 次"小宝宝"和"小宝贝"，真是一口一句"心肝宝贝"，你的柔情，你的爱意，不比任何一个母亲少啊。

你告诉小宝宝："你的父母是共产党员，且到苏联读过书"，接受了进步思想，"所以才处我们的死刑"。

你告诉小宝宝："你的母亲所给你的纪念只有相片和衣物及一金戒指，你可作一生的唯一的纪念品！"

你告诉小宝宝："望你好好长大成人，且好好读书，才不负你父母的期望……"

你丈夫牺牲的当晚，你的公公偷偷到刑场收殓遗体，为不引人注意，他买了 350 多公斤的麻布，裹在棺木上，推着独轮车，从长沙推回醴陵，走了整整 120 多公里，最后选一偏僻处，草草埋葬。

你比丈夫更悲：奔赴黄泉 20 多天后，你公公才得到消息，他赶到刑场时，什么都没了，仅抱回半个月大的小启明。你丈夫希望你们死后合葬在一起的愿望落空了，你的公公老泪纵横。

你婆婆获悉你丈夫牺牲，40 岁的她，一夜白头。随后，又得到你的噩耗。你的女儿在 4 岁那年也不幸夭折。你婆婆抱着启明一丁点大的尸体，反复念叨："我的儿啊，我的媳啊，我的孙女啊……"眼睛都哭瞎了。

2009 年清明节，你的家人将你丈夫的棺椁从旧址迁出，跟你生前用过的一只皮箱合葬在一起，你们终于"重逢"了。

从此，你的坟前，花环一束，彩蝶双飞……

邓玉芬：
一朵花，停止了开放

1944年春，北风呼啸，天寒地冻。日本侵略者实行"三光"政策，对你的小村疯狂"扫荡"。村民们纷纷躲进深山。

逃亡途中，你的六儿子走散了，你背着七儿子逃命。

这个孩子刚满7岁，发着高烧，没有药也没办法喂药，你与逃难的乡亲匆匆躲进一个山洞里，一躲就是六天。

第七天，孩子咳嗽得厉害。鬼子还在山上搜捕。如果孩子咳嗽或哭叫一声，就会暴露目标，招来杀身之祸，连累乡亲们。

可孩子小，又有病，咳嗽或哭叫，他无法控制。

正在这时，一群搜山的鬼子朝洞口搜来。你很惊恐，生怕弄出什么声响。孩子的嘴巴突然张开，情急之下，你撕下一块烂棉絮，狠狠地塞在孩子嘴里，将他紧紧贴在自己的胸脯上。

鬼子折腾了好一阵，脚步声才远去。你赶忙将孩子嘴里的棉絮掏出，孩子的脸已经憋成了紫黑色，好半天才缓过气来。他虚弱地喊饿，可是哪有食物啊。最终，他小小的手指从你的胸脯无力地垂下。发烧和饥饿，夺走了他的生命。

这个还没有学名的孩子，像一朵花，在残酷的春天，永远停止了开放。他再也不会叫一声妈妈，再也不会发出一声咳嗽或哭叫。

你的眼泪打湿了脚下的这片土地。七儿子之死只是你苦难生命

星火成炬

086

的一个缩影。为了抗日，你的丈夫牺牲了，你的长子、二子、三子、四子、五子也相继牺牲，你终于迎来了抗日战争的胜利。

可你万万没有想到，你唯一活下来的六儿子在1948年解放战争中也壮烈牺牲。

你是一个妻子，一次次丧亲之苦，哪一次不是痛不欲生？

你是一个母亲，一次次骨肉分离，哪一次不是心如刀剜？

你活下来了，你是为了抗日斗争而活；

你活下来了，你是为了全国解放而活；

你活下来了，你是为了没有活够的丈夫和七个儿子而活；

你活下来了，以最痛苦的方式，见证一个民族的坚韧、顽强与伟大。

你是英雄，是"英雄妻子"和"英雄母亲"，是"当代佘太君"邓玉芬。

多年以后，我是从一张陈年发黄的黑白照片里认识你的。

看见你，我就想说，我看到了"中国"的这张脸。

这是怎样的一张脸啊，像风暴吹过的平原，留下一道道刀痕，一粒粒种子从刀痕处顽强地伸出一片片绿芽。

这是布满皱纹的脸，是饱经沧桑的脸，是刻骨铭心的脸，是干涸的麦地终于迎来了阳光雨露的脸。

为了革命，为了新生的共和国，为了民族的复兴和崛起，夏明翰一家"一门五忠"，毛泽东牺牲了六位亲人，你的丈夫和六个儿子也先后殉国。你把妻子的心掏了出来，把母亲的心掏了出来，把对国家和民族的大爱掏了出来，你毫无保留，奉献一切。

新中国成立后，党和人民没有忘记你作出的奉献、牺牲。当地政府给你在村里盖了两间瓦房，冬天送给你棉袄，夏天送来衬衫，病了送你到城里医治。

国泰民安。你看见了曾经的梦想与追求变成了现实。

1961年春节，你应邀出席北京烈军属代表大会，受到彭真、吴晗等人接见，大家很关心你，劝你买些东西，由国家开支。可你一分钱东西也不肯买。

你说："眼下不缺吃不缺喝，怎能再给国家添麻烦？"

1970年2月5日，除夕之夜，你安详地走完了你平凡而伟大的一生，享年79岁。临终前，你唯一的遗愿是："把我埋在村口路边，我要看到丈夫和儿子们回来。"

2014年7月7日，习近平总书记在纪念全民族抗战爆发77周年仪式上特地讲到了你的感人故事，他说：

"在这场救亡图存的伟大斗争中，中华儿女为中华民族独立和自由不惜抛头颅、洒热血，母亲送儿打日寇，妻子送郎上战场，男女老少齐动员。北京密云县一位名叫邓玉芬的母亲，把丈夫和5个孩子送上前线，他们全部战死沙场。"

在我眼前，你的黑白照片变成了一座墓碑。来来去去的人，留下一束束白花，留下或深或浅的脚印，向你和长眠地下的英雄表达缅怀和崇敬。

缪伯英：
"英雄"夫妇赴国难

清朝末年，湖南省长沙县清泰乡出了两个秀才，两家相距3公里。一位是板仓冲的杨昌济，他的小女儿叫杨开慧，女婿叫毛泽东；另一位是枫树湾的缪芸可，他的大女儿就是你，你的丈夫叫何孟雄。

作为一名学霸，一百多年前，你以长沙地区第一名的成绩考入北京女子高等师范学校。但优异的成绩并未得到别人的赞许，那个时代，"女子无才便是德"仍然禁锢人们的认知。你北上求学遭到许多亲朋乡邻的嘲讽与反对。

幸亏，你有一个好父亲，他不仅写过"孤怀未展行吾素，一字无传即是贫"的好诗句，而且去过日本考察，有远见，有抱负。他力排众议，为你插上了腾飞的翅膀。入校后，你开风气之先，剪了头发。校方贴出告示，认为"我校学生多剪发齐眉，有伤风化，有悖妇德，应予禁止"。校方还要求家长督促孩子遵守校规。你父亲给校方回复"我有心灵能识古，年逾古稀亦知新"来支持你。

你遇见了陈独秀、李大钊、蔡元培、鲁迅这些老师，还有邓中夏、罗章龙等同学和乡友，更遇到了一生的知己何孟雄。你短暂的人生像一团火，不断地燃烧。

率先点燃这团火的是李大钊：你的入党介绍人。他黄钟大吕的声音撞击你的心扉："以青春之我，创建青春之家庭，青春之国家，青春之民族，青春之人类，青春之地球，青春之宇宙，资以乐其无涯之生。"在此感召下，你全身心投入革命工作中，李大钊称赞你是"宣传赤化的红党"。

你筹备北京女权运动同盟会，担任中共湖南省委第一任妇委会书记和省妇女运动委员会主任。你穿着露脚趾的草鞋，甚至光着脚板，高呼口号，奔走于车站码头和大街小巷，号召中国广大妇女"顺着人类进化的趋势，大家努力，向光明的路上走"。李维汉评价你"诚实朴素，沉着勇敢，能灵活地用公开与秘密、非法与合法相结合的策略"。

你与中共创始人之一、北方工人运动领袖何孟雄结为夫妻。证婚人李大钊说，你们名字中有"英""雄"二字，希望成为"英雄夫妻"。你们俩做到了。中国共产党第一次全国代表大会召开前，全国只有50多名党员，你们俩位列其中。

你是中国共产党的第一位女党员，是中国妇女解放运动的先驱——缪伯英。

在你的故居，有一张泛黄的照片，是你和李大钊在北京女子高等师范学校的合影。你穿着白衬衫、黑裙子，留齐耳短发，双手抱在腰间，颇有大将风度。我想起你父亲去日本考察时给你带回的两样礼物：蝴蝶式样的梳妆盒和蓝色的石英钟，你收到后是不是有些不以为意？从你回赠父亲一个精致的酒碗里，我发现，你骨子里早已把自己当成木兰从军式的英雄，渴望横刀立马、血溅疆场啊。

当李大钊高呼"只要我们有觉悟的精神，世间的黑暗终有灭绝的一天"，你听后，剑气横生，发誓要将自己的一生投入到驱逐黑暗的斗争中。

你的学生余甲男，当时写了一篇名为《我的痛史》的作文，抒发对旧社会的痛恨。你提笔写下批语："生以青年有为之日，兼秉中人以上之资，苟能艰苦卓绝，勇往直前，则女娲石也，精卫沙也，愚公子子孙孙也，天可补也，海可填也，天下事何遽不为乎！"

1929年10月，你已病危，仍执丈夫何孟雄之手说："既以身许党，应为党的事业牺牲，奈何因病行将逝世，未能战死沙场，真是恨事！"停了停，你使出最后气力，叮嘱二事：一是"孟雄，你要坚决斗争，直到胜利"；二是"你若续娶，要能善待重九、小英两孩，使其健康成长，以继我志"。

何孟雄没有辜负你的嘱托，他曾在狱壁上题诗明志："当年小吏陷江州，今日龙江作楚囚。万里投荒阿穆尔，从容莫负少年头。"他一生中三次上书中共中央批判"左"倾错误、五次遭囚禁，"认为一个革命者为革命牺牲他宝贵的生命是分内之事"。毛泽东盛赞他勇气不凡。

1931年2月7日，何孟雄和林育南、李求实等23位共产党员，在上海龙华英勇就义。有诗赞云："龙华千古仰高风，壮士身亡志未穷。墙外桃花墙里血，一般鲜艳一般红。"

遗憾的是，你辞世后，灵柩原本存放在上海扬州会馆，后会馆改建，何孟雄被捕和牺牲，你的遗体因找不到亲人而散失。你的两个孩子重九、小英在龙华监狱被监禁一年多，转入上海孤儿院收养，在兵荒马乱中失踪，杳无音信。

"青山处处埋忠骨，何须马革裹尸还。"你们"英雄"夫妇，带着一双儿女，在黑夜的风暴中先后倒下。你们看到了吗？正是在你们倒下的地方，一轮红日冲破黑暗，冉冉升起……

血，是热的，也是奔腾的。

血，是从脉管里流出来的，红红的，带着生命的韧劲。

每个人都有一腔热血。

但一个人的热血，真正的价值是什么？

有人明明活着，却行尸走肉，

这样的人感受不到青春的激情和生命的价值。

为国赴难流出的血，为天地正气流出的血，

为黎民百姓幸福生活流出的血，

这样的血是奔腾的，

这样的人生才有价值。

血，汩汩流出，冰块融化了，

一首不朽的诗歌悄然复活。

第五章

奔腾的热血

李大钊：
浩气贯长虹

面对你，我不知道该用什么词来赞美，甚至觉得"赞美"这个词本身，都是那么肤浅，一旦说出来，无异于对你的冒犯。

你不需要赞美，你站在那里就是不朽的雕塑；

你不需要赞美，你站在那里就是迷人的风景；

你不需要赞美，你站在那里就有无数的人跟随你，热爱你，崇敬你。

你属牛，留着浓密的胡子，有着牛一样的倔强与韧劲。你学贯中西，热情洋溢，天生具有一种气质，一种能让青年为国奉献的人格魅力。你致力民魂的再造，在短暂的生命里做了许多人无论活多久也无法做到的事情。

你是名重当世的学者，是令人敬佩的革命家、思想家，是高山仰止的学者、教授。你挥旗的方向，就代表着现代中国新文化的前进方向。

从一个爱国的民主主义者转变为一个马克思主义者，这个华丽转身，于你是那么自然。1917年俄国十月革命胜利后，你深受鼓舞，连续发表《庶民的胜利》《布尔什维主义的胜利》和《给新闻界开一个新纪元》等文章和演讲。你满怀信心地预言："试看将来的环球，必是赤旗的世界！"

1921 年，中国共产党宣告成立，这是中国近现代史上开天辟地的大事件。作为创始人，你厥功至伟。你立场坚定，对党忠诚，为了信仰，真正做到"勇往奋进以赴之""断头流血以从之""瘅精瘁力以成之"。

你是国共两党第一次合作的牵线人。孙中山亲自主盟，介绍你以个人身份加入国民党，成为国民党第一次代表大会五人主席团成员之一。孙中山"特别钦佩和尊敬"你，视你为"真正的革命同志"。

然而，正如德国学者阿道夫·哈纳克所说：只要翻开历史，便可见文化的街头必立着鲜血淋漓的殉教者的墓碑。

谭嗣同铿锵有力道："各国变法，无不从流血而成，今中国未闻有因变法而流血者，此国之所以不昌也。有之，请自嗣同始！"

你就是这样的殉道者、变革者。在风雨如晦的年代，你第一个走向绞刑台，从容不迫，引颈受难。

你牺牲后，鲁迅一直为出版你的遗著而四处奔波，既捐钱，又出力，还特地给你的文集写序，认为"热血之外，守常先生还有遗文在"。他坚信，虽然你已倒下，但你的"遗文却将永驻，因为这是先驱者的遗产，革命史上的丰碑"。

你是河北乐亭人李守常，是中国播种共产主义思想的第一人，是"共产党"这个光荣组织的直接命名者——李大钊。

"铁肩担道义，妙手著文章"，这是你亲撰的对联，也是你光辉一生的真实写照。

"就义从容甚，大节凛不辱。人民柴市节，浩气贯长虹。"这是陈毅元帅的献诗，表达了对你的爱戴之情。

你曾大声疾呼："民族兴亡，匹夫有责。"你是实干家，"即使多么困难，也只能为这一理想而奋斗"。你号召青年"以青春中华之创造为唯一之使命"，并且"不要回顾，不要踌躇，一往直前"。

你慧眼识才，对时任图书馆助理员的毛泽东关爱有加。当共产主义者、前日共委员长佐野学流亡到北京时，你特意安排毛泽东接送。1949年革命成功后，毛泽东感慨道："30年前我……在北平遇到了一个大好人，就是李大钊同志。在他的帮助下我才成了一个马列主义者。他是我真正的老师，没有他的指点和教导，我今天还不知道在哪呢。"

对待同志，你舍命相救。陈独秀被北京军阀政府逮捕后，你心急如焚，化装成车夫，亲自将他接上了带篷马车，路上遇到盘查，你巧妙应对，终于化险为夷。

你道德高尚。作为留学归来后的社会名流、文坛巨匠，你的妻子赵纫兰不仅是一位没有文化的乡村女子，而且还长你6岁，可你不弃不离，与妻子相敬如宾。

为了革命，你倾家荡产。你在北京大学月薪高达250块大洋，但其中大部分都用于党的经费或帮助进步青年。赵纫兰没有半句怨言，她勤俭持家，分毫必虑。校长蔡元培获悉你家窘况后，每月派专人送一点钱到赵纫兰手中。

你被捕后，《世界日报》刊登李公侠致张学良的一封信，列举了10条释放你的理由，其中一条特地写道："李氏私德尚醇。如冬不衣皮袄，常年不乘洋车，尽散月入，以助贫苦学生，终日伏案面究各种学问……"即便是你的敌人，他们也对此心生敬意。

你舍小家为大家。1924年春，在小女儿死去不久，你受到反动派通缉。你为小女儿写了一首祭诗，夹在给妻子的信中，告诉她，

你没有时间去伤心了。妻子回了你一封信，问可不可以由她出面，给吴佩孚做总参议的白坚武写信，取消对你的通缉？

你曾与白坚武交谊甚深，被白坚武认为"余年来清友惟斯人耳"。但"二七惨案"后，他走上另一条道路，你同他断然绝交。因此，面对妻子的询问，你决然以拒。

1933 年 5 月 28 日，你的识字不多却甚为贤慧的妻子——这个用屈原的诗句命名的人闭上了眼睛，享年 49 周岁。这一天，恰好是农历五月初五，是祭奠屈原的端午节，也是你下葬的"五七"之日。组织上追认她为中国共产党党员。

赵纫兰就像她的名字一样——"纫秋兰以为佩"。她留下的唯一愿望就是埋在你的墓旁，她要到九泉之下追随你，继续默默支持你。

从此，每年清明，人们来到万安公墓，会看到你与妻子并排埋在一块墓地里。那里有一对陶质花瓶，外形酷似树根，上面分别刻有"鸟语""花香"四字。在和平的盛世，你的妻子再也不用为你担心，你也可以继续"铁肩担道义"，痛快淋漓地书写你未竟的诗篇。

鲁迅：
渴望"速朽"的不朽者

你总是紧锁着眉头，脸上有着刀刻般的坚毅。一枚烟夹在手中，仿佛吸了一辈子。我因此听见了你的咳嗽，带着淡淡的血丝，从沉沉的黑夜穿过来，停在中国的心脏上。

没有任何一个作家，像你这样，对中国现代文学和中国社会产生如此大的影响，你所获得的殊荣也是空前绝后的。

你是一把手术刀，将国民劣根性一点一滴剥给大众看，几乎每个人都能从中看到自己丑陋的影子；

你是一味药引子，将中国几千年来的文化沉疴刺激得残渣四溅，虽是良药，却让许多人极不舒服。

你生得矮小，干瘦，穿着长衫，感觉空荡荡的样子。这正是你要的样子，一如你的文章的长短，力透纸背，刚刚好。假若你跟海明威一样高，跟巴尔扎克一样壮，反而有些走形。你长得很"五四"，也很"中国"，这就够了。

你站在世界文豪面前，比如托尔斯泰、雨果、哈代、狄更斯、歌德等等，你一点儿不落下风，既不张扬，也不自惭，脸上露出淡淡的自信。

当年萧伯纳到上海，想见你，正在宋庆龄家里吃饭的你，说："那就见一见吧。"萧伯纳见到后，夸你长得好，你脱口答道："早

年的样子还要好。"

这是事实，你不做作，不掩饰。这样回答，才是你的风格。你看得起萧伯纳，也不委屈自己。

袁世凯称帝的当天，你专程到邮局寄信，不是寄给袁皇帝，而是寄给自己，你用一个邮戳的方式铭记一个耻辱的日子，也将袁皇帝钉上历史的耻辱柱。

北京女师大闹学潮，你支持学生，以辞职作为抗议。"三一八"惨案发生，你参加追悼会，写一系列尖锐文章。上黑名单，遭通缉，你义无反顾。国民党"清党"，你一再咒骂，称之为"血的游戏"。你加入人权保障同盟之后，秘书长杨铨遭暗杀，你出离愤怒，冒着砍头的风险也要参加追悼会……

你总是用行动，表达你的良知、担当以及对黑暗势力的仇恨。

美国著名记者埃德加·斯诺问阿Q为何被处死，你答道："民国以前，人民是奴隶。民国以后，我们变成了奴隶的奴隶。"斯诺又问："既然国民党已进行第二次革命，难道你认为现在阿Q依然跟以前一样多吗？"你大声道："更坏，他们现在管理着国家哩。"

毛泽东说你的骨头是最硬的，没有丝毫的奴颜和媚骨，是中国的第一等圣人，称赞你是在文化战线上的民族英雄。这样的赞誉，只有你承担得起。

你关心时局，也关心日常最小的事情。 个小镇上的寡妇失去唯一的儿子后，很寂寞。这样的事情，你也写成小说。郁达夫要搬家，你觉得不妥，便写诗去委婉劝阻。一个叫李长之的青年，写了一本批判你的书，你看后，订正几处硬伤，然后赠送一张近照并推荐出版……

诺贝尔文学奖获得者大江健三郎谦卑地说：你是"世界文学中永远不可能被忘却的巨匠"。在有生之年，他希望向你靠近，"哪怕只能挨近一点点"。

日本作家立松和平表示，他之所以喜欢你，是因为你有人最重要的品格"义"，不仅有对国家、民众、社会的大义，也有对家族、朋友、邻居的小义。

日本桂冠诗人池田大作认为，你对人类的伟大贡献，千秋万代，永载史册。

苏联著名作家法捷耶夫称你是"中国的高尔基"。

韩国评论家金良守认为你是"二十世纪东亚文化地图上占最大领土的作家"。

你是一座山，乍一看，并不高；顺道爬去，越爬越高；到了半山，才觉太高，咬咬牙，继续爬；到了山顶，横在面前的是另一座山。

你是群峰之巅，是无产阶级革命家、思想家、文学家，是"民族魂"——鲁迅。

你永远是一个"现在进行时"的作家，你的作品放到任何年代都适用，且鞭辟入里。钱理群说每个国家都有一个作家，"应该从小读他的作品，读一辈子，精神上就有了底"。他说的就是你。

蔡元培评价你："著作最谨严，岂徒中国小说史；遗言犹沉痛，莫作空头文学家。"

都说你是一个既解剖别人也解剖自己的人，可最初学医的时候，你最怕的就是解剖课，每次上课你都有"不安之感"。特别是解剖妇婴尸体，你常产生"一种不忍破坏的情绪"，你笔记本上修改了许多器官的位置，为的是看上去"更美"。

你操心太多，即便是对已绝交的弟弟周作人，临终前几天，你还托人给他带信。时值全面抗战前夕，你提醒他，许多教授在爱国宣言上签了名。你认为：在民族生存问题上，不该含糊。可惜周作人没有听你的劝告，一直没有签名，最终滑入汉奸队伍，遭人唾弃。

你喜欢唱反调。许多人认为天堂最美，你说"于天上看见深渊"。因为你认为"至善至美的东西是不存在的"。即便到了"黄金世界"，由于贪欲，各种坏人依然存在。

你不刻板，生活中很风趣。夏衍虽然挨了你的骂，却说你"幽默得要命"。唐弢看见漫画书上把你弄成凶相、苦相，连连摇头：不是这个样子的。他说你是一个特别有味道的人。一位与你打过笔仗的老先生，晚年谈起年轻时对你的孟浪，还颇为得意地说：我被一枪刺下马来，痛快极了！那时的笔仗，无论言辞多凶，都是有一说一，私底下，经常聚聚，谈笑风生，少有芥蒂。

美国文化批评大家杰姆逊，谴责西方学界无视你，称这"是一种耻辱"和巨大损失。

澳大利亚学者黄乐嫣指出"从名望、震撼力和恒久的读者敬仰等几方面评价"，认为你的"文学国际影响可以媲美马克·吐温、莎士比亚、歌德和托尔斯泰"。

曼彻斯特大学教授杰里米·坦布林认为，你弃用文言文改用白话文创作，对中国文学和社会的推动，与但丁创作《神曲》弃用拉丁语而改用意大利语有异曲同工之妙，从形式到内容，无人可及。

你"一个都不宽恕"，必定有你的理由。你洞穿世事，生死豁达，铁骨铮铮，问心无愧。

你的坚持，有原则；你的追求，有锋芒。宁可让人非议，也不委曲求全。

郁达夫说："没有伟大人物出现的民族，是世界上最可怜的生物之群；虽有了伟大人物，而不知拥护、爱戴、崇拜的国家，是没有希望的奴隶之邦。"

你活着，成为一座高峰；你死去，成为一条河流。

你希望自己"速朽"，这是真话。什么时候，这个世界不需要你了，才是真正的安魂之时。

郁达夫：
半截香烟的苍凉

你是如此的清瘦，正如旧中国饥饿的形象。我从未见过你，但你的名字总是那么沉重地吸引着我。走进你铁青色的文字长河，我发现进入到一个梅雨绵绵的季节：奋飞的蜻蜓，开花的油菜，低垂的天空，落寞的夜晚和莫名的伤感总是纠缠在一起，灾难深重的烽火岁月，因为你的喋血而变得更加殷红。

你是在抗战胜利后没来得及庆祝就遽然陨落的文化名人，是中国现代文学史上不同凡响的伟丈夫。你像李白一样豪放不羁，又像李商隐一般缠绵悱恻。你站在时代的山坳上，以梦幻的方式向我招手。黎明的眼睑，无法辨认的刀子，以及河流一样咆哮的背景，因为你，我清晰地听到骨骼里发出的疼痛的响声。

夏衍说：你是一个伟大的爱国者，爱国是你毕生的精神支柱。

胡愈之说：中国文学史将永远铭刻着你的名字，中国人民反法西斯战争的纪念碑上，也永远铭刻着你的名字。

刘海粟说：从气质上来讲，你是杰出的抒情诗人。你的一生是一首风云变幻而又荡气回肠的长诗。

你的哥哥郁华，同样爱国。他营救过廖承志。何香凝曾绘制一幅《春兰秋菊》图赠送给他。面对敌伪的软硬兼施，他义正词严："头可断，血可流，志不可屈。民族气节不能丧失。"1939 年 11 月 23

日上午，他被日伪汉奸暗杀，以身殉国。

1952 年，中央人民政府追认你们兄弟俩为革命烈士。1980 年，在你家乡富春江畔的鹤山上，建立了"双烈亭"，上面悬挂茅盾书写的一块匾额——"双松挺秀"。这是崇高的礼赞，你们兄弟俩配得上这样的礼赞。

你是主张"文学作品都是作家的自叙传"的第一人，是共和国烈士郁达夫。

在"五四"新文学运动中，鲁迅先生的《狂人日记》是第一部现代短篇白话小说，而你的《沉沦》则是第一部现代短篇白话小说集。作为新加坡华侨抗日第一人，你既有伟大之人格，又有伟大之艺术；你不仅用笔写下不朽的诗篇，而且用生命践行了你的誓言："我们要宁死不屈，不能丧失炎黄子孙的气节，做不成文天祥、陆秀夫，也要做伯夷叔齐。"

钟敬文说，你讨厌虚伪，憎恶暴力，对于弱小者怀着近于"感伤"的同情。你毫不遮掩自己的性与情，真实地记下"爱而得之"的欣喜，也记下了"爱而不得"的踟蹰。你心中有伤，但你像荒野之狼一样，默默地舔干伤口，以命悬一线的民族国家为重。

你不是战士胜似战士。你对美国记者史沫特莱说："我不是一个战士，我只是一个作家。"你要做真正的文人，你说："能说'失节事大，饿死事小'这话而实际做到的人，才是真正的文人。"你没有挥刀冲向敌阵，却踩着烈焰，成为傲骨嶙峋的红杜鹃。

你的伟大在于你是一个天才的诗人，一个真正的爱国主义者。当被日军监视时，你明白自己"身在虎穴"，但从未畏惧。你在遗嘱上写道："天有不测风云，每年岁首，例作遗言，以防万一。"

你催着胡愈之、王任叔、邵宗汉等人离开。对于自己，你明确表示："我已被监视，逃不了了，索性不动声色，看时机再说。"你就这样"以身喂虎"，让生命的屏幕染上悲壮的底色。

你以热血形塑了光辉的人格："国即余命也，国亡则余命亦绝矣！"

你以热血铸成了苍凉的绝唱："天意似将颁大任，微躯何厌忍饥寒。"

你以热血凝成了民族的希望："和平是总有一天会在东半球出现的。"

你是中国现代文学的"屠格涅夫"。你遇害的消息传回国内，郭沫若痛心疾首，挥笔写下："我们应该要日本的全部法西斯头子偿命！"

你临死的时候，穿着洗得发白的长衫，口袋里装着一支抽了半截的香烟，仿佛去赴一个年代久远的约会。

你几乎来不及喊叫。我无法想象：那握笔的手如何抵挡得住握着屠刀的手？当疯狂的强盗死死勒住你的喉咙时，你是不是露出了窒息的恐惧？你瘦弱的身躯被歹徒撕裂时是不是发出了绝望的哑响？那瀑布一样被投下悬崖的，是你顽强的像烈火一样熊熊燃烧的生命啊。

哦，黑夜过去了，太阳升起来。不宁的灵魂啊，请快快赶在落叶之前，找到来时的小路，你刚刚出生的孩子正等你回家……

田汉：
中国的"戏剧魂"

"起来！不愿做奴隶的人们！把我们的血肉，筑成我们新的长城！中华民族到了最危险的时候，每个人被迫着发出最后的吼声……"

每一个隆重的场合，我都会仰望你，从高昂激越的旋律中，唱出你的歌词，唱出你的正义、你的气势、你的血性，唱出压抑已久的磅礴的力量；

每一个庄严的仪式，我都会仰望你，从高昂激越的旋律中，唱出你的呐喊，唱出战火、青春和热血，唱出宁死不屈的坚韧与义无反顾的奋勇搏杀；

每一次国旗的升起，我都会仰望你，从高昂激越的旋律中，唱出大地的苦难，唱出国家的危亡，唱出民族的尊严，唱出全国人民的一往无前，直到泪流满面……

作为现代的关汉卿，中国的"戏剧魂"，你承担了历史的重任。夏衍说：你走过来的道路是曲折而坎坷的，你对国家民族，对文学艺术所作出的贡献是灿如金玉、永不磨灭的。

曹禺说：你的一生就是一部中国话剧发展史。

苏叔阳说：你是在五四运动中产生的一位文化巨人。

你的人生，是一座巨大的舞台，容得下江河万千。你有澎湃的演出，观众得到心灵的启迪与灵魂的净化。

你说："我们在求美、求善之前，先得求真。"你又说："我最爱的是真挚的人。我深信'一诚可以救万恶'这句话，有绝对的真理。"

然而，你的诚，像金子一样的诚，无论诚实、诚恳、诚信，还是坦诚、赤诚、忠诚，都并未让你获得肉身的解放、人格的尊严和精神的安宁。你有信仰，却不懂政治，做个纯粹的戏剧家是最好的选择。但由于信仰的推力，你卷入跌宕起伏的政治风暴，并最终被吞噬在黑色旋涡中。这是你的悲剧，更是那个时代的悲剧。

你是歌词作家、社会活动家、文艺批评家，是中国现代戏剧的奠基人，是中华人民共和国国歌《义勇军进行曲》的作词人——田汉。

1935年，你用青春和热血写出了震撼人心的《义勇军进行曲》。它的传唱远不止于银幕、唱片和普通民众。淞沪会战爆发，这首歌成为鼓舞"八百壮士"奋起杀敌的战歌。卢沟桥事变后，中国在东方开辟了第一个反法西斯战场，这首歌也成了中华民族不屈精神的象征，并在东南亚地区广为传唱，成为国际反法西斯阵营的战斗旋律之一。

1938年，美国驻华海军副武官卡尔逊在台儿庄前沿阵地上，带头唱起这首歌。战地记者爱泼斯坦记下了中国官兵高唱这首歌挥刀杀敌、取得台儿庄大捷的悲壮一幕。

当时，马来西亚和印度游击队广播电台把这首歌作为节目的序曲。

美国著名黑人歌唱家保罗·罗伯逊非常喜爱这首歌，特意用英语翻唱了这首歌，并出版唱片。宋庆龄作序时称："这是所有国家

的人民发出的声音。"保罗不仅四处演唱,还把这张唱片的稿费寄给田汉。

第二次世界大战胜利时,美国政府提出:在联合国胜利之日盛大演奏中,将这首歌作为中国的代表音乐。

1949年9月27日,中国人民政治协商会议第一届全体会议上将这首歌定为代国歌,后正式予以确认……

这一切,都是你人生长河中的一朵朵浪花。你收藏大量画册,许多是关于战争的,你一直想写有关甲午海战的三部曲。1948年抵达台湾,你还特意去澎湖列岛诸地,画了一张地图,回来送给了毛泽东。

你万万没想到,你的炽热被冰镇,你的赤诚被误解。"文革"开始,你即被攻击。一次又一次的围攻,一次又一次的辱骂,一次又一次的被打。你惊恐万分,痛苦不堪……

最后时刻,你从昏迷中醒来,乞求地呻吟道:"让我回家,见见我娘吧。"

1968年12月10日,你孤零零地走了。其时,广播里正唱着你写的《毕业歌》:"同学们!大家起来!担负起天下的兴亡!"

真是"泪水顿作倾盆雨"。你从苦难的人间毕业了,唯有这首歌为你送行。

1971年冬,你的老母亲穿着陈旧的棉衣,坐在房门前, 天又一天,盼着你回家。老母亲百年寿诞时,你的弟弟田洪前往北京拜寿,老母亲叮嘱他:"你先要……报个临时户口,在我那房间开个铺,等寿昌回来我们一道吃饭,我们娘崽好久没有在一起了……"

老母亲总是叫你"寿昌",心心念念,挂牵你。直至去世,她都不知道，你在三年前早已病死于狱中。

1979 年，你的冤案得到昭雪。是年 4 月 25 日，你的追悼会在北京八宝山举行。1982 年全国人大决定：恢复《义勇军进行曲》为中华人民共和国国歌。

拨云见日，岁月静好。你人生的大幕再一次开启。

路遥：
沙漠里的光脚骆驼

你用生命捍卫文学的尊严。你关注平凡、书写平凡、歌颂平凡，写出了平凡世界的不平凡。你像一个奔跑者，马不停蹄地奔跑；你又像一名战士，义无反顾，冲向无名高地。你连续两次获得全国优秀中篇小说奖，接着又获得茅盾文学奖，这样的成就，在我国新时期文学中极其少见。

你的作品是献给贫瘠的土地和像土地一样贫瘠的父老乡亲的，是他们带给你负重的耐力和坚韧的品格。你不但激发人的斗志，而且抚慰弱者的灵魂。你说："我们习惯被王者震撼，为英雄流泪，却忘了我们每个人都归于平凡，归于平凡的世界。"世界辽阔无垠，我们为什么要跟平凡的自己和平凡的人为敌？

许多平凡的人、受到挫折的人、处在人生低潮的人喜欢看你的书，从中获得一种启迪、一股力量。你的作品是我国新时期文学中发行量非常大、影响非常广的作品之一，成为激励千万青年的不朽经典。

日本学者安本实认为，你的作品告诉人们：一个人的价值和尊严是奋斗得来的，你可以藐视一切，但是不能藐视一个年轻人的上进心。

你说："不管活在这世界上有多苦，但你总归还是那么爱这世界！"

你说："即使最平凡的人，也要为他那个世界的存在而奋斗。"

你说："人，不仅要战胜失败，而且还要超越胜利。"

你说："这一生如果要写一本自己感到规模最大的书，或者干一生中最重要的一件事，那一定是在四十岁之前。"

你是千千万万红色共和国的热爱者之一，是陕北清涧的农家子弟王卫国，是文学的痴情者和钟爱者——路遥。

你说，如果做一个木匠，你也能够成为一流木匠。我信。

每一个人，不论做什么事，只要专注，只要努力，都可能在自己的行业中干得最好。一个人最后的价值不在于干什么，而在于干的过程中的充盈与满足。生命的价值就在过程中，结果并不重要。要说结果，每个人都要死，从这个意义上，更没有伟大与渺小之分，只有活着和死去的不同。

写作也是一种劳动，是一种有些特殊的劳动，但并不神秘。活在世上，选择一种职业，就要热爱并敬重这种职业。作家是这样，农民也是这样。这样的感悟来自你的父亲，他虽然懦弱，但很会劳动，种地时，把什么都做得尽善尽美。他拔草锄地，也讲究美，从任何地方看去，都一垄一垄的，整整齐齐，很美。即便种南瓜，也要种得"好看"，这样做，不一定为了吃，一到秋天，地头上一垄一垄都长满南瓜，这样"好看"。干活，就要有这种做得"好看"的"贪婪"精神。

任何方法都不是目的。作品的成功比的不是方法。你要做的是找到最适合自己的方法，也许不时髦，于你管用，这就够了。

当别人抢着表演方法的时候，你背过身去，将心贴在大地上，用最为传统的方式，面向大众书写，以此实现你的座右铭："像牛

一样劳动，像土地一样奉献。"

当别人争着发言甚至为了发言而歇斯底里的时候，你更愿意做一个沉默的思考者，在精神的空旷之地孤独地思考着现实人生，以此表达你的决心："为某种选定的目标而献身，就应该是永远不悔的牺牲。"

你信奉巴尔扎克的话："生活可以故事化，但历史不能编造，不能有半点似是而非的东西。"作品中任何虚假的声音，读者的耳朵都能听得见。当大家都在用西式餐具吃中国饭菜的时候，你不会为自己依然拿着中国筷子而感到害臊。

你是毛乌素沙漠里走出来的光脚的骆驼，是贫瘠土地上的农民的儿子，你深深地热爱着这贫瘠的大地和默默生活在这贫瘠大地上的平凡的人民。你像骆驼一样吃着沙漠里的一点荒草，奉献出血奶一样的精神食粮，你和你的作品正激励着亿万人民在逆境里奋斗、在苦难中搏击……

2018 年 12 月 18 日，党中央、国务院授予你"改革先锋"称号，你和袁隆平、屠呦呦等 99 人，都收获了这一枚沉甸甸的勋章。

2019 年 9 月 25 日，你又获得中华人民共和国成立 70 周年"最美奋斗者"的光荣称号，与你一样没能到现场领奖的，有梅兰芳、焦裕禄、陈景润等人。你和他们一样，都是共和国历史上"最美奋斗者"的杰出代表，是平凡世界里最不平凡的励志典型。

"即使没有月亮，心中也是一片皎洁"。这是你的感悟，也是你的执念。尽管你活得有些短暂，但只要还有人在读你的作品，你就永远活着。

信念是一种想法，一种坚信不移的想法；

信念是一种情感，一种浓烈真挚的情感；

信念是一种认知，一种毫不怀疑的认知；

信念是一种意志，一种无法摧毁的意志。

信念是生命的支柱，大海的灯塔，沙漠的绿洲，长夜的火炬。

信念如藤蔓，见证一个人境界的高度；

信念像黄金，检验一个人思想的纯度。

有了信念，纵使遭受厄运，也能激情澎湃；

有了信念，纵使身陷困窘，也能斗志昂扬；

有了信念，纵使遇到险境，也能砥砺前行。

第六章

金属的信念

董存瑞：
喋血英雄

1948 年 5 月 25 日下午 3 点 30 分，军龄不到 3 年的你，在一瞬之间，化成了一道彩虹，你的身影永远定格在硝烟滚滚的天空中。

是什么力量鼓舞着你？是什么信念支撑了你？

你是那么年轻，还不满 19 岁，像沾着露珠的向日葵。如果是和平年代，你可能刚刚跨进大学的校门，正处在对未来充满美好想象的年龄。在解放隆化的战斗中，你是一把尖刀，冲在队伍的最前面。一座碉堡阻滞了我军的进攻。你怒目圆睁，跑到桥下，左手托起炸药包，右手拉燃导火索。一声巨响，敌人的碉堡灰飞烟灭，你也粉身碎骨，用燃烧青春的热血，吹响了胜利的号角。

你的勇气彰显了一名战士的担当和忠诚；

你的行动诠释了一位军人的初心和使命；

你的壮举激励着一代又一代人，朝着阻碍中国革命和中国建设的各类碉堡，前仆后继，奋勇前行。

战士喋血，英雄永生。

你没有见证中国的新生，但历史记录你的荣光，人民铭记你的名字。

1957 年 5 月 29 日，朱德总司令为你的纪念碑亲笔题写："舍身为国，永垂不朽！"

你是年轻的战士，是共和国英雄董存瑞。

《人民日报》在 1948 年和 1949 年初报道三大战役牺牲的英雄，有三位烈士特别悲壮：一位是董存瑞，另外两位是梁士英和张树才。

1948 年，辽沈战场，锦州一战，我军被藏在暗堡中的重机枪封锁道路。梁士英抱起爆破筒，潜行到暗堡之下，点燃导火索，用力塞进暗堡。敌人又将爆破筒推了出来，梁士英再次把爆破筒塞进去，并用身体死死顶住。一声巨响，梁士英与敌同归于尽。

同年，淮海战场，徐州一战，张树才也是舍身炸地堡，壮烈牺牲。今天，在淮海战役纪念馆还保存着两块取自地堡的石头和一捧沾染烈士鲜血的泥土，见证着那一段不同寻常的历史。

1954 年，隆化县修建董存瑞烈士陵园，烈士墓中是一块楠木牌，上面用朱砂写着："以此木代替烈士遗骨"。

2017 年清明节前，董存瑞家人冒着大雪赶到隆化，从英雄牺牲的桥梁旁捧起一把黄土——那里有他鲜血的印记——带回来，将它安葬在董存瑞的父亲董全忠的脚下……

任何一个民族都有自己的英雄，他们用血肉之躯，在短暂的时空里蠹起人的生命可能抵达的精神高度；

任何一个国家都有自己的英雄，他们是过去、现在和将来岁月里的平凡人，但他们创造的奇迹足以改变一个民族和一个国家的命运；

任何一个时代都有自己的英雄，他们是标杆，是榜样，走近他们，学习他们，成为他们，才是每个人最好的缅怀，最真的感激。

2020 年 2 月 22 日，董存瑞的外甥、北京市公安局民警艾冬，倒在抗疫的最前线。董存瑞的妹妹、也就是艾冬的妈妈董存梅也是警察，曾获得 2018 "北京榜样·最美警察" 称号。

作为英雄的亲人，艾冬始终牢记母亲的话："关键时刻要冲上去，不能给舅舅丢脸！"

这，就是榜样的力量。

这，就是英雄的传承。

黄继光：
顶天立地的壮士

你确信你的生命比子弹更硬吗？你确信你不是血肉之躯，而是钢铁制成的吗？你确信你用年轻的生命能为战友们开辟胜利的道路吗？

那是何等的毅力！你拖着重伤的身躯，一步一步，爬到敌人的地堡前……

你奋力一搏，像巨石，拦截激流四溅的坝口，怒涛拍岸，气贯长虹，那一刻，山河为之震惊；

你奋起一跃，像雄鹰，冲向奔腾而出的烈焰，热血澎湃，万丈光芒，那一刻，天空为之颤抖。

21岁，多么美好的年华啊，像海平面上刚刚升起的太阳，洗去黑夜的疲惫，积蓄大地的力量，生机勃勃，光芒万丈。

你照过相吗？你喝过咖啡吗？你走过菁菁校园的石板路吗？你黄昏时候与恋人手拉手在河边散过步吗？你黎明时分与三五好友趴在山顶上看过日出吗……

然而，所有这些在你这个年龄本该有的最平常不过的生活场景，在你这里统统被删除或取消了。因为战争，因为上甘岭战役，你把这些生活场景都留给了历史，留给了后人。

"一条大河波浪宽，风吹稻花香两岸"，这是电影《上甘岭》

的插曲《我的祖国》中的歌词，为了保卫"在这片温暖的土地上，到处都有和平的阳光"，你和你的战友们，"雄赳赳，气昂昂，跨过鸭绿江"。

这不是一个人在战斗，也不只是一个集体在战斗，而是一个国家、一个民族面对逼近家门的强盗所被迫进行的自卫的战斗，战斗的正义和道义都在我方，最后的胜利也必将属于我们！

上甘岭战役是以美国为首的"联合国军"的"摊牌行动"，自始至终惨烈异常，像绞肉机，反复争夺阵地，炮声隆隆，天昏地暗。到处是烧焦的秃树桩子，到处是发烫的钢片和弹头。当每秒钟6发炮弹的狂轰滥炸把主峰削掉整整两米后，敌军不仅未能占领高地，反而被我军歼灭2.5万余人，我军击毁击伤敌机300架，击毁火炮61门、坦克14辆……

"让祖国人民听我们胜利的消息吧！"这是每一名参战将士发自心底的真挚的呐喊。打仗靠武器，更要靠气势，靠拼劲和狠劲，靠精神与意志。我们之所以能够打退世界最强的"联合国军"，是因为有无数像你这样顶天立地的壮士。

你和你的战友用血肉筑起的新的长城，永远定格在世界战争的史册中。

你是四川中江县的苦孩子黄积广，是身材矮小被破格允许参军的奇迹战士，是特级英雄黄继光。

我记得鲁迅先生曾经说过，"一个民族要屹立不倒，要看他的筋骨与脊梁"。上甘岭战役，让我看到了中华民族的筋骨与脊梁。

秦基伟将军在晚年的回忆录中写道："美国人真正认识中国人，是从上甘岭开始的。"

上甘岭战役，不仅是世界军事史上的奇迹，更是中华民族永不屈服的图腾；不仅是中国军人永远敬仰的精神高地，更是千千万万中国人在逆境中排除万难、敢于牺牲的力量源泉。

美国总统杜鲁门承认上甘岭战役对美国造成了沉重打击。"联合国军"总司令克拉克下令，鉴于上甘岭战役伤亡过重，"联合国军"必须停止任何兵力多于一个营的战斗。从此，朝鲜战局停立在北纬38度线上。这次战役不仅奠定了朝韩双方的边界，而且换来了东亚地区数十年的和平。

"现在为了祖国人民需要站在光荣战斗最前面，为了全祖国家中人等幸福日子，男有决心在战斗中为人民服务，不立功不下战场！"这是你交到连长手里的信，也是留给母亲邓芳芝的遗言。

你光荣牺牲后，你的母亲又将大红花戴在你弟弟黄继恕胸前，你家先后有十余人参军入伍。

1953年4月，你的母亲出席了全国妇女大会。

毛泽东主席走到你母亲身边，握着她的手，说："你养育了一个好儿子。"停了停，又说："你牺牲了一个儿子，我也牺牲了一个。"

毛主席还特意邀请你的母亲到他家中做客，表达共和国领袖对一位英雄母亲的敬意……

邱少云：
活着的意义，就在于信仰

在辽阔的远方，我看见真实的燃烧雪一样落在你的身上。你在寂静里燃烧，火苗沿着脚踝一直烧到你的头发。你一动不动，仿佛睡眠中的河流。

鞭子，刀子，锯子，我只能想到这些东西。我看不见你，只看见烈火肆意地燃烧，像毒蛇，在狂风中飞舞。

你趴在那里，像一发滚烫的炮弹，等待冲锋的号角。

你的战友，就在身边。他们也一动不动。他们看见了真实，看见了悲壮，看见烈火中的你像烧红的钢板。每一秒，都有刀子在心头割。他们知道，上了战场，就有牺牲，也不怕牺牲。如果子弹爆头，立即壮烈牺牲，没啥说的；如果受了重伤，流血而死，也没啥说的；如果被捕，捆绑吊起，折磨而死，还是没啥说的。可你，在清醒的时候，在能够自由伸展的时候，你放弃自己自救，被大火吞噬，这要怎样的意志，怎样的决然，怎样的坚韧？

那一天，刚刚下完一场雪。开始，你和战友们埋伏在敌人眼皮底下，只是冷，刻骨铭心的冷。零下 40 多摄氏度，世界仿佛冰镇似的，万物萧瑟，空气凝固，大地肃穆。你努力把一切想象成冬眠，甚至一幅画，血液徐徐流动，你能感受到自己的心跳缓慢有力地触摸大地。

突然，敌人碉堡里发出十几发烟雾弹和毒气弹。没过多久，敌人又盲目发出数十发炮弹，一部分炮弹落在你和战友们的潜伏区。有人受伤，也有人阵亡了，但你和战友们纹丝不动。直到燃烧弹海啸般滚来，其中一枚在你二米远的地方落下。凝固的汽油弹，最高温度达 800 多摄氏度，大地剧烈颤抖。火烧到了你的身上，为了不暴露目标，你早把子弹和手雷压在胸脯下，任"鞭子"打，任"刀子"割，任"锯子"拉，任"毒蛇"咬，你的双手深深地插在土里，头埋进地里，身体变成了焦炭……

你并未死去，只是灵魂升向了天空。

1952 年 11 月 6 日，中国人民志愿军给你追记特等功。翌年 6 月 1 日，追授你"一级英雄"称号。6 月 25 日，朝鲜民主主义人民共和国最高人民会议常任委员会授予你"朝鲜民主主义人民共和国英雄"称号，同时授予你金星勋章和一级国旗勋章。

你是志愿军战士邱少云。在你牺牲的 391 高地，雄伟山峰的石壁上用血与火烙上一行醒目的大字："为整体、为胜利而自我牺牲的伟大战士邱少云同志永垂不朽！"

人生的目的是追求快乐和幸福。我想，你来到这个世界，同样是追求快乐和幸福。但你知道，人不能缺少信仰。活着的意义，就在于信仰。为了信仰，即便牺牲，也是快乐和幸福的。

那一天，"纪律重于生命"，这是你的信仰，因为有了信仰，你就像凤凰涅槃，在烈火中重生。

那一天，你听到了滋滋燃烧的声音，有什么东西被粉碎了？

那一天，天色阴沉，冰雪融化，冲锋号响起，红旗插上了顶峰。

那一天，有一只鸟，从你的头顶飞过，也许要飞回故乡。

那一天，你一定想起了故乡。那里，清贫的日子也有欢乐。你没有看见荒冢，只看见炊烟，看见弟弟在田间劳作，还有那些曾经活着的人，他们都幸福地生活着，就像你希望的那样。

那一天，你托人说，想吃家里的榨菜炒肉。你的弟弟邱少华赶紧给你做了两碗，一直等呀一直等，可你再也没有回来。

那一天，邻居去赶集，在黑板上看到了你在朝鲜战场上牺牲的消息。弟弟正在水田插秧，脚都没洗，赶到集上，看到那一行字，印证了邻居的说法。弟弟抱着头，跌坐在地，号啕大哭，好似有一柄刀子插进了胸口。

那一天，在乡里藕塘湾的空地上，当地政府给你开了追悼会。弟弟神情黯然，掏出唯一的家书，这是你让一位战友帮忙写的。加入志愿军前，你不识字。

"我在朝鲜多打美国佬，你们在家里要把分的地种好，多打些公粮，支援抗美援朝战争。"县长表情严肃，一字一字，读着你的信："我决心杀敌立功，戴着光荣花回来看你们。抗美援朝，保家卫国！"

而今，这封信陈列在重庆铜梁以你的名字命名的烈士纪念馆里。

父母早亡。你和弟弟感情很深。县长读信的时候，旁边两位大爷问你弟弟啥感受，弟弟再次泪崩："啥感受？我的心头能舀起五碗血啊！"你活得太短，生前连一张照片都没留下。后来宣传用的图片和雕塑，都是参照你弟弟的样子设计的。

现在，每年清明，你的家人都会在室外摆一桌子祭品，还有一碗榨菜炒肉，给你上香，祭拜你。

那一天，围在你身边的是金达莱花，一圈又一圈，你在丛中笑。

那一天，山高水远，成为永恒。

欧阳海：
理想的共振

你的名字，像大海中的灯塔，闪耀在共和国浩瀚的星空；

你的故事，像暴雨中的惊雷，让无数干渴的人潸然泪下；

你的精神，单纯，刚毅，忍耐，那是一代人的共同记忆。

你把《红岩》中江姐的誓言作为自己的座右铭："如果需要为共产主义的理想而牺牲，我们每一个人，都应该也可以做到——脸不变色心不跳。"

半个多世纪后，列车还在前行，铁轨还在延伸，像秋天的地平线，辽阔得似乎看不见尽头。

如果不是突然响起的惊马的长啸，我不会停留在那一片山谷，停留在活着的时间和历史的回音中。我听见了你的叫喊，那么急促而尖厉，像飓风发出的轰鸣。我一回头，战栗的铁轨里再一次重现了新鲜的血迹。

每一次，我都会看到同样的场景，感到同样的震撼、同样的悲痛。空气凝固，世界静止。那不顾一切冲上去的背影，像灼热的子弹，猛地击中我的瞳仁……

你的战友从你的衣兜里掏出一个被鲜血染红了的笔记本，看见扉页上你清晰写下的一行文字："即使有一天，这个世界上没有了我，我也仍然衷心地相信共产主义的理想必然胜利，一定会有更多觉醒

了的人为它战斗！"

你牺牲后，中国共产党广州军区委员会追授你一等功和"爱民模范"荣誉称号。1964年1月22日，国防部以你的名字命名你生前所在的班，并号召全军指战员学习你全心全意为人民服务的崇高品质。

朱德、董必武、贺龙、徐向前、聂荣臻、叶剑英等党和国家领导人分别题词，高度赞扬你的英雄行为。

以你的事迹写成的长篇小说总发行达3000万册，成为当时中国当代小说的发行量之最。每天去新华书店排队的人络绎不绝。学生有了零花钱，第一件事就是去买一本关于你的小说。这样的奇观在中国文学史乃至世界文学史上都是绝无仅有的。诚如陈毅元帅所说："这是一部带有划时代意义的作品，是我们文学创作史上的一块新的里程碑。"

你不是诗人，可是，你用行动写下了一部英雄史诗。

列车将至，你舍身推马。你是旋风，是霹雳，是600多个生命的挽救者。你是视死如归的军人——欧阳海。

"这真是一本难得的好书，你一定要认真读一读。"

1966年秋天的一个下午，彭德怀元帅将《欧阳海之歌》郑重地交给他的炊事员刘云，这样叮嘱道。

刘云发现这本书已经被彭德怀翻得皱巴巴的，许多地方被折叠，又抹平，里面圈圈点点，写下很多批语，还有不少泪迹的地方，他大为吃惊。

刘云把这本书当成宝贝，每天读一点，也多次流泪。读完，他又认真地数了数彭德怀留下的印记：该书一共444页，彭德怀画了红线的就有 148 页，写了批注的竟有 80 页之多。他惊呆了：一个久经沙场、倥偬半生的共和国元帅，为何会对这样一部小说产生如此强烈的共鸣？

唯一能够解释的是：理想的共振，信念的一致。

然而，在遗忘的年代，到处都是枯萎的花环。经年的雨水越来越多，却没有人来你的庭院避雨。天晴的日子，偶尔还有三三两两的人，一脸肃穆，来到你空旷的长廊。他们试图探寻的路就在你的前面延伸，没有停顿。

风乍起。历史翻开了新的一页，你的门前热闹起来，相识或不相识的人走到了一起，在共同的蓝天下，仰望你的星空。大家就像你的家人一样，努力传承你的精神：

1964 年，大弟欧阳湖入伍，两年后成为"欧阳海班"第 2 任班长；

1966 年，二弟欧阳江入伍，三年后成为"欧阳海班"第 5 任班长；

1990 年，侄子欧阳武军入伍，一年后成为"欧阳海班"第 27 任班长……

此刻，我伫立在你的塑像前，依稀听到马的嘶叫，听到远方的铁轨传来的声音，朴素，坚定，热情，足以穿过所有的暗夜。

王杰：
光荣属于祖国

我们一直在追求的途中，风在追求，月亮在追求，太阳也在追求。

关于追求，有不同的解释，于你而言，目标不变，追求也不变。正如时间，一直流动，不声不响，但朝前的姿势永远不变。

当兵4年，你用10多万字的日记，一点一滴记录你的所思所想。你不是诗人，可你的文字像诗歌一样优美；你不是哲学家，可日记中的哲理比许多哲学家口中的哲理更深刻。

你过的每一天，都像火一样燃烧；你写的每一页，都折射出思想的光芒。

你说：我们要一不怕苦，二不怕死，做一个大无畏的人。

你说：当兵是为人民、为党、为祖国而来的，不管任何工作，党指到哪里就冲到哪里，就是需要献上青春也没有怨言。

你说：在荣誉上不伸手，在待遇上不伸手，在物质上不伸手。

你说：什么是理想？革命到底就是理想。什么是前途？革命事业就是前途。什么是幸福？为人民服务就是幸福。

你说：为了党，我不怕进刀山入火海；为了党，哪怕粉身碎骨我也甘心情愿……

那一天，危险真的突然降临，你毫不犹豫作出了选择：把生的希望留给别人，把死亡留给自己。恰如你日记的真实表达。

毛泽东主席为你题词：我赞成这样的口号，叫作"一不怕苦，二不怕死"。

朱德总司令号召大家学习你不怕苦不怕死的革命精神。

周恩来总理抄录你的诗作为题词："座座高山耸入云，我们施工为人民。不怕施工苦和累，愿把青春献人民。"

2017年12月13日，习近平总书记来到你生前所在连参观后指出："一不怕苦、二不怕死是血性胆魄的生动写照，要成为革命军人的座右铭。"

你的名字在神州大地广为传颂，你的精神成为人们心中永远的丰碑。

你让我深刻感悟：活着，是一种神秘的恩赐，唯有好好活着，才对得起像你一样没有活够的人。

你是伟大而平凡的战士，你的名字叫王杰。

我不知道，风在河面吹过；但我知道，在风吹过的山川之上，月亮还在，太阳也还在。

我不知道，你如何做到，任何时候都保持微笑；但我知道，你伸过来的手温暖有力，爱的感觉让人留恋和回味。

我不知道，一粒种子如何变成一棵大树；但我知道，一路成长的过程，不仅艰苦，更有幸福，将"忍受变成享受"是每一棵大树的成功法宝。

我不知道，"虚荣的人注视着自己的名字，光荣的人注视着祖国的事业"，这话是你说的；但我知道，天地同在——没有天哪有地，家国不分——没有国哪有家。

我不知道，"一个人吃好、穿好，不算幸福，只有天下穷苦的

人都过上美好的生活，才是真正的幸福"，这话也是你说的；但我知道，江河来自细流，伟大始于渺小，胸襟有多宽，境界就有多大。

我不知道，"一堆沙子是松散的，但是它和水泥、石子、水混合后，比花岗岩还坚韧"，这话还是你说的；但我知道，那些曾经活着的人，他们的笑容，包括语言与秉性，随着信念的澄明，回归自然，那是最后的状态，像雕塑，放在来时的路上，朝着太阳的方向。

我不知道，你的敬畏是什么，初心在哪里，但我知道，即便用黄土洗脸，你也会在花卉中歌唱。

我不知道，青春的年轮是多么美丽；但我知道，属于你的年轮只有 23 圈，你最后的姿势永远定格在人性的光辉中。

我不知道，樱花绽放时你在哪里；但我知道，春天来了，到处都是你的身影……

史光柱：
用一生的"绿"回报春天

"没有花香，没有树高／我是一棵无人知道的小草／从不寂寞，从不烦恼／你看我的伙伴遍及天涯海角。"

这首叫《小草》的歌曲，是歌剧《芳草心》的主题曲。这部歌剧讲述某化工厂工程师于刚在一次试验中双目失明，在爱情的滋润下重见光明的故事。也许很多人没有看过这部歌剧，但对歌剧中的主题曲《小草》十分熟悉。

这首主题曲经你传唱后更加风靡一时。你喜欢传唱这首《小草》，是因为你喜欢小草的坚强、小草的追求、小草的境界，它真实地反映了你的情怀。

你的眼睛因为残酷的战争，失去了光明，但你的心依然亮堂。你带着《血染的风采》，唱着《十五的月亮》，你大写的爱跟祖国的安宁、人民的幸福紧紧连在了一起。

"也许我倒下，将不再起来，你是否还要永久的期待？如果是这样，你不要悲哀，共和国的旗帜上有我们血染的风采。"

作为一首纪念抗越自卫反击战的歌曲，《血染的风采》之创作灵感便来自你的真实故事。这首歌曲在 1987 年中央电视台春节联欢晚会上推出，立即受到广大人民群众的喜爱，它与《小草》一起，红遍了大江南北，成为 20 世纪 80 年代流行乐坛的经典曲目。

"宁可前进一步死，决不后退半步生；宁可死在山顶，也不死在山脚。"这是你的请战书；

"军人就是烈火金刚，就是秋风刀、气节剑，生为祖国，顶天立地；死为民族，甘为鬼雄……"这是你的战争感悟。

你说，你"最后一次用眼睛看到的春天是被疯狂的绞肉机绞碎的，春天淌着血，连同那天的太阳一起被绞碎。留下一条根，深埋在岁月。那是1984年的事。往前一年，春天是和平的橄榄绿；再往前一年，我走在滇东老家的山道。父母送我入伍，出门有爹送，回家有娘疼是春天。"这是你的春天印记。

你失去的只是一双眼睛，比起长眠地下的战友，你是幸运的。因此，你像小草一样，依然相信春天，眷恋春天，用一生的"绿"去回报春天。

你是建军90周年推出的33个英模人物或单位之一，是"全国自强模范"、"全国十佳卓越人物"、100位新中国成立以来感动中国人物，是2000年国家对中华民族千年思想文化有卓越影响人物评选中唯一入选的新中国英模。

你是国家"一级战斗英雄"、中国的"保尔·柯察金"——史光柱。

你受伤、流血，是为了更多的人不再受伤和流血；

你失去一双眼睛，是为了更多的人不再失去光明；

你的父母很痛苦，是为了千万个父母亲不再痛苦。

当有人说你是英雄的时候，你说，你不是英雄，真正的英雄倒在你身边，他们才是英雄。

你永远不会忘记那次冲锋。一个战友为了掩护你，被一颗子弹打掉了下巴和牙齿。你让一名新战士把他扛下去，他挣脱战友，在

你胸口击了一拳，因为说不出话，只能以此表明他不下阵地的决心。他在毙敌一名后，胸部又中弹，光荣牺牲。你发现他身上有一个血染的笔记本，上面写着："战友们，如果我牺牲了，我还欠四班刘有宏十五元，请我的父母还了。"

另一名战士很愤怒，端起机枪继续与敌人对射，打死两个越军后，也中弹倒地。牺牲前他对你说："排长，你回去时，有空去看看我的娘，她有病……"

你活下来，就该铭记他们，了却他们的遗愿，并为他们筑起丰碑。这种丰碑不是在大地上用钢筋水泥筑起的纪念碑，而是在每个人的心灵深处矗起一座永不倒下的丰碑！

战火岁月，你出生入死，冲锋陷阵，用鲜血和生命谱写保家卫国的正气歌；

和平年代，你贴着百姓，蘸着浓墨，用人性和激情唱响战天斗

地的赞美诗。

1997年,你来到藏南边防哨所,写下了荡气回肠的《藏地魂天》:

"不知道你可曾见过一群鹰对人的挑逗;可曾见过一大群鱼对你的亲热;可曾见过星光不是射出来的、洒出来的,而是飞溅出来的;可曾见过蓝瓦瓦的天像砂纸打磨过的那种光滑、细腻,无数金沙似的颗粒镶嵌其中,闪烁着光的波纹;可曾见过峡谷一样的意志,峭壁一样的毅力;可曾见过十几公里背土垒地,养活的菜只是看,不是吃;可曾见过冬天烤火,面对火盆,产生幻觉,把烧红的铁皮误当鲜花,伸手抚摸;可曾见过每年8个月的封山储备物资,有思想储备、精神储备,以及自然界色彩的储备……"

这些从心底流出来的文字为你筑起了独特的风景:你是中国第一位英模作家,是解放军第一位有创作成就的盲人诗人,是第一位获得学士学位的盲人,是第一位演讲超过2500场次的新中国英雄。你先后出版了《我恋》《眼睛》《藏地魂天》《寸爱》《春天,我的春天》等多部诗歌、散文集,部分作品被翻译成俄、法、英等语种流传国外,荣获包括"鲁迅文学奖"在内的全国文学奖项18次,中国作家协会曾专门召开你的作品研讨会。

没有谁知道,生命将在哪一刻停止。但你知道,如果眼里只有伤口,你看到的就是黑暗;如果手中举着火把,你看到的就是光明。

因此,你给苦难穿上风衣,给厄运拄着拐杖。你始终以一个战士的姿态,朝着生命的险峰,从一个高点冲向另一个高点。

爱，是发光的。

小爱是一种情感，大爱是一种奉献。

爱，皆出于心，

喜爱、爱慕、爱情、爱戴、友爱、挚爱、仁爱、厚爱，

凡此种种，皆是爱。

"仁之发也，从心旡声"，讲的是爱；

"上善若水，大爱无疆"，讲的也是爱。

爱，大大小小，遍地都是：

骨肉之爱，夫妻之爱，师生之爱，祖国之爱，

都在爱的长河中，生生不息，地老天荒。

因为爱，天有多蓝，风就飞得有多快；

因为爱，梦有多美，你就飞得有多高。

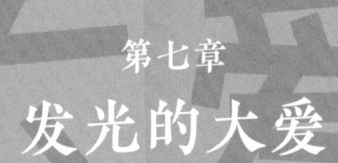

第七章

发光的大爱

顾方舟：
小小的糖丸，人类的方舟

　　他是我的兄长，长相英俊，才华横溢。不幸的是，他得了小儿麻痹症，两次参加高考，分数都超过了重点大学录取线，均未被录取。他发奋努力，成了著名诗人，但他一直郁郁寡欢。他说，再大的名气，再多的头衔与钱财，都不如有一个正常人的身体。

　　是啊，他想当兵，当不了；想跑步，跑不了；想跳舞，跳不了；想游泳，游不了；想追一个心仪的女孩，不敢追……人生中许许多多简单的快乐、简单的爱好、简单的追求，对他而言都是奢望……

　　脊髓灰质炎，俗称"小儿麻痹症"，在儿时的记忆里，这名字就如冰冷的刀子，令人不寒而栗。我的兄长如果能够得到你的小糖丸，他的生活该多幸福，他的人生该多精彩！而他，不过是千千万万不幸者中的一个。

　　如果不是你攻坚克难，将会有多少人无法挺直腰板，留下终生的遗憾；

　　如果不是你殚精竭虑，将会有多少家庭无法真正快乐，陷入无尽的悲痛。

　　你把最好的年华，献给了我们的国家；

　　你把毕生的追求，献给了伟大的事业。

　　你临危受命时，不到 31 岁。等到在世界卫生组织宣布"中国

消灭脊髓灰质炎证实报告"上签下自己的名字时，你已 74 岁。

40 多年的光阴，你坚持不懈，奋斗不息。你挑战自己，超越自己，用青春和智慧，开辟生命的绿洲。

小小糖丸，独一无二的中国版本，完全自主的中国制造，是你留给世人的最好礼物。你不仅解决了液体疫苗的冷藏保存和浪费问题，而且为国家和个人节省了犹如天文数字的医疗费。正如巴德年院士评价你所说："能解决问题的技术，就是高技术；能彻底解决实际问题的技术，就是最高技术。"

你用一颗小糖丸"消灭"了小儿麻痹症。对于这个"最高技术"，你曾谦虚地说："那个时候我也不知道哪来的胆儿，就说行，虽然有困难，但是能够克服的，一定努力干！"

作为中国医学科学院原院长，你是中国科学院的院士，也是英国皇家内科学院院士，还是欧洲科学艺术与文学科学院院士和第三世界科学院院士……

你的头衔很多，你是中国组织培养口服活疫苗的开拓者，是"中国脊髓灰质炎疫苗"之父——顾方舟。

2019年1月2日，凌晨，窗外风声很大。3时35分，你悄悄地走了，像熟睡似的，走得那样安详。

1944年，你考入北京大学医学院，遇到了公共卫生专家严镜清先生。那时的厕所沿河而建，粪便尿溺，臭气熏天，河水洗衣、饮用、排污并用……脏乱差的环境导致各类疾病流行。

你原来只想做一名医生，但严先生的课让你的思想发生了转变："当医生只能救有限的病人，如果从事公共卫生事业，拯救的人会成千上万。"你由此下定决心，要做一个公共卫生学家。

你弃医成为公共卫生专家，与鲁迅先生弃医从文一样，都是把个人的命运与国家、民族的命运融为一体。

你说："我一生只做了一件事，就是做了一颗小小的糖丸。"

但这颗小小的糖丸足以改变一个人的一生。

正如你的继任者王辰所说：你是协和医学院的顾方舟，是医学科学院的顾方舟，是国家的顾方舟，是人类的顾方舟。

是的。你的功劳和成就，值得每一位中国人铭记。

林巧稚：
春蚕丝吐尽，蜡炬泪成灰

　　100 多年前的夏天，北京协和医院在全国范围内举行招生考试，当时的录取名额极少。

　　在上海的考场里，一个福建的小女孩怀着急切的心情参加了这场考试。最后一科是英文，她正在认真答题。突然，考场里面的一个考生晕倒了，被人抬了出去，需要进行急救。福建小女孩见状，二话没说，停下笔，跑出去救助这个考生。等她救助完回到考场时，本场考试已经结束。福建小女孩有些遗憾，但她一点也不后悔，准备明年再考。监考老师深受触动，把这个过程写下来，交给了协和医院。考官们既意外，又感动，调看了这个小女孩前几科的成绩，一致同意破格录取她，因为这个小女孩拥有一种重要的品质：以德为先，舍己救人。关键时刻，哪怕牺牲自己的利益，也要照顾好别人，这是当好一个医生的根本。

　　这个福建小女孩就是你。协和医院有眼光，你也为协和争了光。

　　你说："我愿意做一辈子值班医生。"你还说："救活一个产妇、孕妇，就是救活了两个人。"

　　"创妇产事业，拓道、奠基、宏图、奋斗、奉献九窍丹心，春蚕丝吐尽，静悄悄长眠去；谋母儿健康，救死、扶伤、党业、民生，笑染千万白发，蜡炬泪成灰，光熠熠照人间。"

这是你追悼会上的一副挽联，60个字浓缩了你60年的爱心、细心和丹心。你似一团烈火，温暖冰冷的病床。你如一团磁石，与产房生死相依。

为了伟大的医学事业，你选择终身不婚。你没有自己的孩子，却被称为"万婴之母"，成为了最伟大的母亲。

你不爱庆祝生日，说能够在产房接生是最好的庆生，每一个新生的生命都是你无私奉献的最好见证。你在医院产房里度过了无数个日夜，亲手迎接了5万多个小生命来到人间。许多父母给孩子起名为"念林""怀林""敬林"，把对你的万千感恩挂在嘴边，喊了一辈子。

医者仁心，悬壶济世。你出诊时身上总是带着几十元钱，以便在紧要关头接济穷苦人家，你让我们看到，担当与大爱，是生命中最美好的品质。

躬行著述，立身为师。在英国访学的过程中，你因病归国，在轮椅和病床上依旧笔耕不辍，直至4年后，完成了50万字的皇皇巨著——《妇科肿瘤学》。

汇通中外，泽布天下。你纵览中外文献，勇敢无畏地主持了中国第一例新生儿溶血病手术，从死神的手里抢命，保住了国内第一例溶血病新生儿的生命，开辟了换血治黄疸疗法的先河。

能升起月亮的身体，必然收纳了无数次日落。 你这一生，眼

里只有病人，只有病情，完全没有背后的官阶和身份。在你心里，每个人的生命都是平等的。

你看见病人穿着简朴，叮嘱对方不要挂你的专家号，挂普通号你也一样会出诊，但普通号会便宜一点。经身边人提醒，你才发现这位病人竟是总理夫人邓颖超。邓颖超握着你的手，感叹道：病人见了你这样的医生，病情都会减轻一半。

你这一生，用生命在诠释什么是鞠躬尽瘁，什么是死而后已。当你的病情一再恶化，陷入昏迷中的你，嘴里还在断断续续地喊："快！快！拿产钳来！产钳……"逝世的前一天，你还以惊人的毅力，接生了一个新生儿。

你像春蚕一样为医学事业吐尽最后一根丝后，静悄悄地走了。按照你最后的心愿，有关方面把你一生的积蓄3万元人民币捐给医院的托儿所，将你的骨灰撒在故乡鼓浪屿的大海中。

故乡，终于迎回了自己的女儿。医者仁心，国士无双。所谓医学大家，不仅在于其深厚的学术功底和杰出的医学成果，更在于其助人救人的精神境界。

杏林春暖，救死扶伤，你用你的一生为何谓医者，作出了最好的诠释。

身着白衣，心有锦缎。你生命如灯，心美如萤。你发出的光，微而不弱，足以光耀中华，烛照人间。

屠呦呦：
生出希望，死出价值

千百年来，寄生虫病一直困扰着人类。原因在于，人类和其他动物并不是地球上唯一的居住者，许多其他生物，包括一些致命的生物也同我们生活在一起。

疟疾通过携带寄生虫的蚊子传播，全世界面临疟疾感染风险的人数超过 34 亿，每年因疟疾死亡的人数超过 450 万，其中大部分是儿童。

这是一场看不见的战争。你披挂上阵，发现青蒿素，让成千上万的疟疾患者免除了病痛的折磨和死亡的追杀。

你喜欢宁静，像蒿叶一样的宁静；

你追求淡泊，像蒿花一样的淡泊；

你向往正直，像蒿茎一样的正直。

在你心中，青蒿之叶、花、茎，或浓或淡，或香或苦，都是大自然馈送人类的最好礼物。

你以青蒿自喻：一岁一枯荣的青蒿，生，就生出希望；死，就死出价值。

你执着于大爱，执迷于挑战，执拗于爱国，虽千万人吾往矣。这就是你的真实写照。

英国 BBC 制作纪录片，将你视为"20 世纪最伟大的科学家"，

你与居里夫人、爱因斯坦和图灵并列，成为人类浩瀚星空中最闪亮的明珠。

你是中国本土第一位获得诺贝尔科学奖项的科学家，第一位获得诺贝尔生理学或医学奖的华人科学家，这是中国医学界迄今为止获得的最高奖项，也是中医药成果获得的最高奖项。

国务院原总理李克强致信祝贺，指出：你的获奖"是中国科技繁荣进步的体现，是中医药对人类健康事业作出巨大贡献的体现，充分展现了我国综合国力和国际影响力的不断提升"。

习近平总书记高度评价你："辛勤耕耘，屡建功勋，为发展中医药事业、造福人类健康作出了重要贡献。"

你是"感动中国人物"和中国最高科学技术奖获得者，也是"改革先锋"和"共和国勋章"加冕者，你是"青蒿素之母"——屠呦呦。

获得国际最高大奖，于你而言，犹如青蒿经历一场暴雨，雨过天晴，你还是原来的你，素雅，淡定，从容。

今天，你仍住在北京市朝阳区一栋普通的居民楼里，年过九旬还未把自己纳入光荣的退休序列中，依旧孜孜不倦，给世界各国人民的健康提供中国智慧、中国经验和中国方案。

传统中医药还有许多待解之谜，应该借助科技的力量更深入地挖掘和探索。在你看来，获得诺贝尔奖的意义在于：让更多的人了解到中国医学和中国优秀的传统文化，这是老祖宗留下的宝贵遗产，要充分开发和利用，尽力为人类命运共同体作出贡献。正如你所说：健康是美好生活的前提。"健康中国""健康世界"需要踏踏实实去"做"，让更多医学科研成果应用到人，让更多患者远离病痛，这是我们的追求和担当。

这种追求和担当，就是"青蒿素精神"，是"胸怀祖国、敢于担当，团结协作、传承创新，情系苍生、淡泊名利，增强自信、勇攀高峰"的中国科学家的缩影。

润物细无声。2016 年，你拿出诺贝尔奖奖金中的 100 万元人民币捐赠给北京大学医学部设立"医药人才奖励基金"，又把 100 万元人民币捐给中国中医科学院成立创新基金，激励更多的年轻人参与到中医药科研中去。

你不举办捐赠仪式，就像青蒿一样，抖落身上的雨水，呈现更加纯净的世界。

你说：终有一天，你将告别青蒿，告别亲人。如果那一天真的来到，你希望后人把自己的骨灰撒在一片青蒿之间，让你以另外一种方式，守望终生热爱的土地，守望青蒿的浓绿，守望蓬勃发展的中医事业……

"居高声自远，非是藉秋风。"境界多辽阔，你的生命就有多辽阔！

陈薇：
使命，就是选择

你是典型的江南女子，美丽多才。你的故乡兰溪，有"七省通衢"之称，人杰地灵，写过"青箬笠，绿蓑衣，斜风细雨不须归"的张志和，讲过"武人之刀，文士之笔，皆杀人之具也"的《闲情偶寄》作者李渔，还有毛泽东和周恩来高度赞扬的爱国人士、著名作家曹聚仁，皆出生于此。

你也曾有许多梦想，教师，记者，作家，诗人，个个迷人、浪漫。但从未想过，你会成为一名科学家；更从未想过，你聚焦的对象一个比一个恐怖，鼠疫、炭疽、埃博拉……各种致病的、致命的微生物，都是你的左邻右舍。

你一干就是29年，你的工作每天都像走钢丝，充满风险和挑战。

你有一千个理由拒绝，但还有一千零一个理由让你欲罢不能。

如果你忽视内心的召唤，你将永远无法平静下来；

如果你接受内心的召唤，你将放弃很多兴趣和爱好。

你审视自己，驱逐诱惑，作出大胆而明智的选择。

你一头扎进去，让人吃惊，却做得风生水起，渐入佳境。

你是"朵朵精神叶叶柔，雨晴香拂醉人头"的蔷薇，有着"长条自张主，淡着数枝花"的个性，不管风吹雨打，喜欢静静开放。你跟自己的名字一样，甘受岁月之寂寥，宁静淡泊，暗香袭人。

当乌云落到头顶，你跟闪电比速度，纵使被雷火击伤，也要撕开一道缺口。

当暴雨来到身边，你追逐龙卷风，哪怕冒着身殒的危险，也要抓住它的舌头。

2014年，西非埃博拉疫情暴发，致死率最高达90%。你临危受命，率队出征，成功研制出抗埃博拉病毒新基因疫苗，获习近平总书记称赞："埃博拉疫苗，对世界是个支援，也是我们大国的形象。"

作为生化防御专家，在武汉抗击新冠肺炎疫情大战中，你起着定海神针的作用。2020年3月3日晚上，央视《新闻联播》播出了你攻克新冠疫苗的重要消息。你对前来视察的孙春兰副总理表示："疫情就是军情，疫区就是战场。我们力争用最短时间，将疫苗推向临床，为打赢这场疫情防控阻击战提供坚强的科技支撑。"

流光飞舞，花落有香；大道无垠，绵延千年。

你是电影《战狼2》中 Doctor Chen 的故事原型，是英姿飒爽的女将军，是中国工程院院士，是"埃博拉的终结者"，是"共和国勋章"获得者——陈薇。

你是疫苗研制工作的"排头兵"；

你的团队是人民子弟兵的尖刀部队。

你走路快，说话快，工作节奏快。"快"成了你的一张名片，似乎有一种无形的力量催着你往前赶。

多年来，你深入到生物安全领域的"无人区"。面对未知的世界，想起个别国家用生化战争和恐怖袭击进行威胁，想起中国和中华民族有可能遭受的灾难性后果，你对铸造"生物盾牌"有了强烈的使命感和紧迫感。你用"全力以赴，只争朝夕"的拼搏精神，短短10

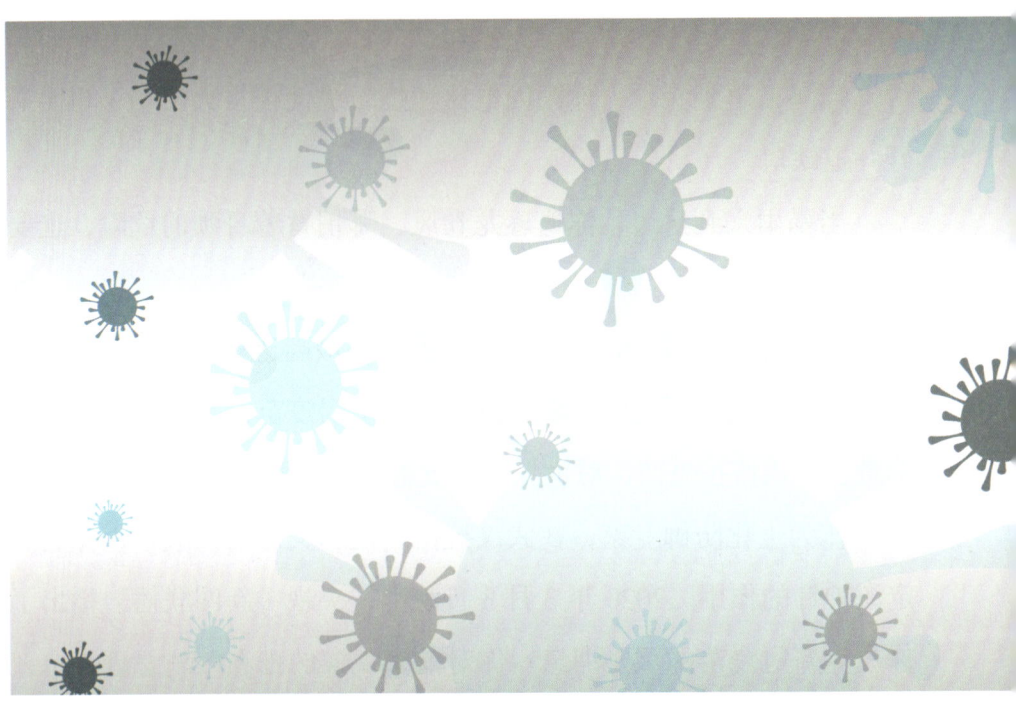

余年，成功研制出首个重组疫苗，并纳入国家战略储备中。

奉行"美国优先"政策的特朗普政府，主动联络全球至少25家研制疫苗的公司，包括德国研发新冠疫苗的 CureVac，想要全部收购它们，垄断"解药"，其用意和目的值得警惕。

幸而，你带领团队，不信邪，不服输，自力更生，成功研制出重组新冠疫苗。它推翻了"山重水复疑无路"，迎来了"柳暗花明又一村"。

国人为你骄傲。大家的信心更足，凝聚力更强。中国不再受新冠疫苗牵制，为世界的和平发展提供了更多的机遇，为人类命运共同体带来更大的安全保障。

你说：地球是一个村，人人皆为邻。看似万里之外的病毒，与我们只有一个航班的距离。看似毫不相关的民众，彼此的空间只有一张机票、一张车票或船票的大小。无论多短的距离、多小的空间，

都足以容纳数以亿计的致病或致命的微生物。没有人能够豁免，也没有人能够逃避。

所以，你要举着灯，远远地走在世界的前列。决堤了，你就上去堵住；没有路，你就开辟一条路来。这是你的选择，也是你的使命所在……

这是怎样的季节啊，你的踪影忽明忽暗，让牵挂的心落下或者上升。故乡在一缕炊烟中依旧风景如画。年逾八旬的父亲站在门前，轻轻梳理关于你的点滴记忆，思念茫茫，如雾如海。

终于，天亮了，雨停了，大地变得明亮起来。

"除却君身三重雪，天下谁人配白衣？"

你是将军，你对得起这身军装；

你是院士，你对得起这份大爱。

担当，是一种自觉，也是一种魄力。

战争年代，冲锋陷阵是担当；

和平时期，直面凶险是担当；

遇见邪恶，敢于亮剑是担当。

一切美好的梦想，

唯有担当，才能实现；

一切痛苦的难题，

唯有担当，才能破解；

一切生命的辉煌，

唯有担当，才能铸就。

担当者不一定伟大，

但伟大者一定有担当。

第八章

自觉的担当

焦裕禄：
兰考山脊上的泡桐

"有的人活着／他已经死了／有的人死了／他还活着。"这首诗是臧克家 1949 年 11 月 1 日为纪念鲁迅先生逝世 13 周年而写的。

你从没想到自己不朽，可这首诗放在你身上，也很合适。因为你是诗中讴歌"俯下身子给人民当牛马"的人，也是"活着为了多数人更好地活"的人。

1966 年 9 月 15 日，毛泽东亲切接见你的女儿，并为你亲笔题词——"为人民而死，虽死犹荣"。

此后，刘少奇、周恩来、朱德、邓小平、江泽民和胡锦涛等党和国家主要领导人都为你题过词或到你的纪念馆参观过，这在共和国历史上绝对罕见。而习近平总书记更是对你念念不忘，情有独钟。他不仅作词讴歌你，而且他的第一本专著就专门讲述了你的精神对国家和民族的重要意义。

你的故事，不仅在中国家喻户晓，在国外也有很高的知名度。

2015 年 10 月 22 日，习近平总书记访问英国，一名叫康可的英国小伙子说这里的老师讲了许多关于你全心全意为人民的故事，深受感动，并当场朗诵一首讴歌你的词——"魂飞万里，盼归来，此水此山此地。百姓谁不爱好官？把泪焦桐成雨。生也沙丘，死也沙丘，父老生死系。暮雪朝霜，毋改英雄

星火成炬

意气！……"

这首词是 1990 年 7 月时任福州市委书记的习近平在阅读《人民日报》刊登的《人民呼唤焦裕禄》一文后挥笔写下的。

早在 1966 年 2 月 7 日，《人民日报》头版刊发关于你的长篇通讯《县委书记的榜样——焦裕禄》，引起巨大轰动。"我当时上初中一年级，政治课老师在念这篇通讯的过程中多次流下眼泪。"习近平回忆说，"我后来无论是上山下乡、上大学、参军入伍，还是做领导工作，焦裕禄同志的形象一直在我心中。"

中央人民广播电台当年在转播录制这篇报道时，播音员齐越泣不成声，闻讯赶来的几十位播音员、电台干部肃立在录音室外，个个泪流满面。

2014 年 3 月，习近平再度到河南兰考县考察，重诵此词，号召广大党员干部认真学习你的精神，"为推进党和人民事业发展、实现中华民族伟大复兴的中国梦提供强大正能量"。

你的名字闪耀在共和国的星空，你的故事在长城内外广为传颂。

你临死之前的一句话让无数人潸然泪下："如果我死了，请把我葬在沙丘上，我要看着这片沙丘，活着我没治好，死了我要看你们治好。"

你把百姓利益作为试金石，把群众笑脸作为价值标尺，你是人民的公仆——焦裕禄。

从长篇通讯、纪实文学、电影，到 30 集电视剧，再到广播剧、音乐剧、豫剧、话剧等，你的形象经不同媒介、不同载体的生动描绘，有血有肉地展现在大众面前。这些表达不同、风格各异的作品虽然年代不一，但彰显你"鞠躬尽瘁、向死而生"的主旋律没变，不同的创作者通过对你的人生历程和精神世界的不懈挖掘，使你的故事为中国社会催生了一种无可替代的力量，也为亿万人民演唱了一曲永不谢幕的颂歌。

你如生长在兰考山脊上的泡桐，无论土地多么贫瘠，你都会扎下根去，向着阳光，唤起心中的一抹淡绿，默默抵挡不时扬起的漫天的沙尘。

在兰考工作的 475 个日日夜夜，你的每一天都有泥巴和汗水。

你的每一次心跳，都跟兰考的命运连在一起；

你的每一次呼吸，都与兰考的山脉相应和；

你的每一次肝痛，都让兰考人民感同身受，寝食不安。

你的精神，像春天的种子，在辽阔的大地上开花结果。

1968 年 2 月 16 日，新疆的阿布列林·阿不列孜来到兰考你的墓前献上花圈，表达崇敬之意。50 多年来，他以你为榜样，干一行，爱一行。当上法官后，只认法律不认人。后来，他成为 2016 年"感动中国"年度人物……

你去世的那天，兰考的山弯下腰来。你像一只白鹤，飞在兰考的头上，飞在兰考的胸前，用你的魂、你的灵、你的肉身和一切，宣告你的爱、你的不舍，以及你对党和人民的忠诚。

王进喜：
精神的火炬

你一亮相，就带着泥渣；你一出场，就带着风沙。

时间开始了。"埋葬旧社会，缔造新中国"，是 20 世纪 40 年代发生在世界的一件彪炳千秋、永载史册的伟大事件。

然而，建设初期，石油奇缺，一滴血未必换来一滴油。许多工厂被迫停产，飞机不能起飞，坦克不能前行。时任全国人大常委会委员长的朱德元帅打了一个形象的比喻："没有油，坦克、大炮还不如打狗棍。"

1950 年，新生的玉门油矿招工。你报了钻井工作。你说："要干就要像钻井工人那样叮叮当当地干，要活就要像钻井工人那样挺直了腰杆子活。我就是要去当钻井老虎，痛痛快快地大干一场。"

从此，石油就是你的一切，打井就是你的全部。1959 年，你率队打出了 7.1 万米，相当于旧中国 42 年钻井进尺的总和。是年 9 月，你作为工业战线代表赴京参加"群英会"，看到长安街上的公共汽车仍然缺油，车顶驮着个煤气包，你觉得很羞愧。铁打的汉子啊，你竟蹲在路边掉眼泪。

恰在此时，位于我国松辽平原大同镇高台子的松基三井喷出了工业油流，大庆油田被发现。

你铆足了劲，拼死干！你把北风当电扇，把大雪当炒面，喊出

"有条件要上，没有条件创造条件也要上"的豪言壮语。

正是这种战天斗地、敢于牺牲的"铁人"精神，20世纪60年代中期，你率领的两个钻井队双双突破年进尺10万米的大关，把美国的王牌钻井队和苏联的功勋钻井队都远远抛在了后面，为百废待兴的新中国注入了磅礴的活力。

你一路艰辛，跌倒了，爬起来，咬紧牙关，从不放弃。你的荣誉是一分一秒干出来的。你的旗帜浸泡着你的汗水和鲜血，你的雕塑凝结着你的青春和生命。

"伟大时代呼唤伟大精神，崇高事业需要榜样引领。"

你的"铁人"称号生动形象，有着巨大的磁力，起着榜样的引领作用。你的"铁人精神"是和平年代使不完的劲儿、打不垮的意志、压不倒的精神的真实写照，是中华民族不屈的象征和复兴的源泉。

1989年，你与雷锋、焦裕禄、钱学森等人被中共中央组织部誉为新中国成立以来"在群众中享有崇高威望的共产党员优秀代表"。世纪之交，你与孙中山、毛泽东、鲁迅、李四光、邓稼先、袁隆平等人被评为"百年中国十大人物"，这是党和人民给予你的崇高荣誉。

你是新中国第一代钻井工人，是共和国"最美奋斗者"，是"铁人"王进喜。

那是激情燃烧的岁月。

"石油工人一声吼，地球也要抖三抖；石油工人干劲大，天大困难也不怕。"

这样的诗句有气魄、有筋骨、有温度，是全国人民对"工人老大哥"由衷热爱的真实反映。

在你人生的天平上，一头是油田，一头是生命，你把价值的砝

码压在油田一边，喊出了誓言："为了多打井、多出油，刀山也要上、火海也要下，只要为了党的事业，个人的生命算个啥？"你带领大家唱响了"为有牺牲多壮志，敢教日月换新天"的英雄壮歌。

你的精神是一个火炬，点亮了新中国石油大决战的茫茫夜空；

你的精神是一面旗帜，插在黑龙江北部松基三井的擎天柱上；

你的精神是一座丰碑，见证了大庆从偏僻小镇到繁荣城市的伟大变迁。

2022 年，大庆油田原油产量连续 8 年保持在 3000 万吨，生产天然气超过 55 亿立方米……每个数字都是血和汗的凝结，都是"只争朝夕"拼搏的结果，都是"遍地英雄下夕烟"的生动写照。

你打的"铁人井"是大庆乃至全国影响最大、知名度最高的井，自打井之后的 50 年里有 200 多万人次光顾这里。航天英雄聂海胜来大庆，最想看的就是这一口井，他要从中汲取你的精神能量。

你说："宁肯少活 20 年，拼命也要拿下大油田！"

王启民说："宁肯把心血熬干，也要让油田稳产再高产！"

李新民说："宁肯历尽千难万险，也要为祖国献石油！"

2019 年 9 月 26 日，大庆油田发现 60 周年，习近平总书记发来贺信指出，"大庆精神""铁人精神"已经成为中华民族伟大精神的重要组成部分。

此前一天，由中宣部等组织评选的"最美奋斗者"表彰大会在京召开，你和王启民、李新民三代"铁人"同时当选。

你们三代"铁人"在不同时期立下的誓言，将一代一代传下来，像滚滚雷声，从东到西，从春到秋，永远回响在中国辽阔的大地上。

袁庚：
敢于跳海的"冒险家"

必须脱帽致敬打开春天的人。在封闭而隐晦的乌云之后，你像一只苍鹰，逆风而上，勇敢地抛下一道道闪电，让艰难跋涉的人看清了前行的道路。

必须深情凝眸揿亮灯光的人。在沉重而焦灼的徘徊之中，你如一粒种子，破土而出，顽强地长出一片片绿芽，让身处泥沼的人看到了奋进的希望。

那是多么刻骨铭心的年代啊，封闭和因封闭造成的无知让你无地自容。

一个美国商务代表团访问蛇口工业区，接待的干部笑容可掬地问："英国人讲英语，你们美国人讲什么语？"

剑桥大学派团来访，一位领导问道："你们建（剑）桥大学，主要建造多大的桥？"

震惊，尴尬！你无地自容，满脸通红，却无法责备谁。没有人愿意成为被耻笑的对象。你听到了自己灵魂深处的尖锐呐喊："不改革，死；不开放，亡！"

1978年底，你奉命在深圳宝安县蛇口半岛上破冰创建蛇口工业区，你高举"空谈误国，实干兴邦"的大旗，喊出"时间就是金钱，效率就是生命"的口号。面对从全国各地赶来的青年才俊，你动情而坚定地说："对不起，我把大家'骗'来了！要是失败了，我领头，一起去跳海。不改革者不入此门！"

你破釜沉舟，用"杀出一条血路"的气魄，打响了"炸山填海"的第一炮，也打响了改革开放的"开山炮"，使蛇口工业区成为"一根注入外来经济因素，对传统经济体制进行改革的宝贵试管"，由此接通了天线，疏通了血管，建起了"中国特色的经济特区雏形"。

你勇立潮头，顺应时代，成立了全国第一家由企业创办的保险机构——蛇口社会保险公司；创办了招商银行——新中国第一家由企业创办的股份制商业银行。你以大无畏的拓荒牛精神，实行人才公开招聘、分配体制改革、住房商品化、建立社会保障体系等24项"全国第一"的举措。这些大刀阔斧的重大举措，为中国的快速崛起和民族的伟大复兴立下了汗马功劳。

你是勤奋的耕耘者，你额头的每一道皱纹都浓缩了峥嵘岁月；

你是务实的播种者，你手上的每一处筋脉都化作了锦绣河山；

你是伟大的改革者，你经历的每一次风暴最终都变成了彩虹。

"近代招商之遗脉，当代深商之肇始"，这是你传奇人生的缩影。你始终站在波澜壮阔的最前沿，劈波斩浪，勇往直前。

你是"金紫荆勋章"和"改革先锋"崇高荣誉的获得者，是深圳特区的先行者，是"蛇口之父"——袁庚。

你是勇敢者，是时代闪亮的灯塔。

我知道彩虹升空的原因，知道暴雨过后天空湛蓝的原因；

我知道闪电写下的文字不因时间的流逝而落满灰尘的原因；

我知道你既不是流星也不是恒星的原因。

大雨已去，万里晴空。

你走的时候很安详，就像天注定。

2016 年 1 月 30 日，你的心电图拉成了一条直线，可是深夜 11 时奇迹发生，心电图又恢复了波动。你似乎在等待什么，不忍错过某个时刻。直到 1 月 31 日凌晨 3 时 58 分，你才彻底释然，含笑而去，享年 99 岁。

如此的巧合！1984 年的 1 月 31 日，中央批复成立蛇口工业区。花甲之年的你临危受命，在激情澎湃的中国当代改革史上写下极其辉煌的一页。

"半生戎马固我江山智勇双全老战士，一心图强重塑民魂彪炳青史改革家。"这副挽联是你一生的真实写照。

你在中国改革开放的道路上一路狂奔，身上不时落下"卖国贼""拜金主义"和"挑战国家体制"的污泥。你冲锋陷阵，一次又一次引发"姓资姓社"的争论，最终形成了新的时间观念、竞争观念、市场观念、契约观念、绩效观念和职业道德观念等，成为推动中国改革开放的强大动力。

当年，你为何如此"大胆"？你"突破禁区"的精神和勇气从何而来？你掷地有声：来自人民！向往幸福的生活是人的本能！

有人说，你是"伟大的英雄"。你说，你不是英雄，只是希望国家少一点折腾，百姓多过一点好日子。

有人说，你是"一个不听话的坏孩子"。你说，你可能有些不听话，但你不是一个"坏孩子"。你所做的一切，都以人民利益为出发点，对得起天地良心。

作为世纪老人，你仍然觉得为国家做得不够。欣慰的是，你在改革开放的中国道路上留下了一串深情的印记，这些印记能给时代带来"光明"。

正如你曾经挥笔写下的文字那样："1878年，爱迪生在门罗帕克实验室最初点亮的白炽灯，只带来8分钟的光明，但是这短暂的8分钟却宣告了质的飞跃，世界因而很快变得一片辉煌。"

作为美好生活的承载者，蛇口经历了40多年天翻地覆的变化，演绎了无数精彩的故事。新的40年已经启程，"把蛇口建成最适合人类居住和工作的地方"，这是你曾经许下的宏愿，也正是蛇口扬帆远征的新起点。

《人民日报》载文指出："我们今天悼念袁庚，正是捍卫一个改革者为人民利益而坚定'向前走'的探索精神。"有了这种探索精神，中国必将走向更加辉煌的未来！

徐洪刚：
站在自己的风景里

没有谁，天生就是一个英雄，你也不例外。

即便你成了英雄，你仍然觉得自己很平凡。如果再来一次，你还会选择挺身而出，用鲜血乃至生命捍卫军人的尊严，迸发人性的光辉。

你这么做，不知道后果是什么，一切来得那么突然，你二话没说，就冲了上去。

你这么做，绝不是一时的冲动，绝不是为了当英雄，更多的是一种本能，一种善的激发，一种对邪恶的愤怒和仇恨。

"有一根弦我们紧绷着，有一种责任我们肩扛着，有一片风浪我们紧盯着，有一声号令我们等待着。"

这是你爱唱的歌，歌词的内容恰是你内心的真实写照。

闲暇时分，你紧绷着弦，因为一旦松弛下来，你就无法弹奏优美的旋律；

和平年代，你肩扛着责任，因为一旦卸下重负，人民群众的生命财产安全就会受到威胁；

危险时刻，你奋不顾身，因为一旦犹豫，患得患失，就会风吹麦浪，遍地狼藉，你的内心将永远不会安宁……

你不会选择漠视，更不会选择逃避，你站了出来，鲜血四溅，用勇气和正义书写了新时代的英雄壮歌。

你的壮举在全国引起强烈反响。时任党和国家领导人江泽民、李瑞环、胡锦涛、刘华清、张震等先后接见你，题词嘉勉你。原总政治部、共青团中央联合发出通知，号召全军指战员和全国广大青少年向你学习。

你是全国政协委员，是"全国新长征突击手"，是作家、诗人、书法家和公益达人，是见义勇为的战士徐洪刚。

你珍惜这来之不易的荣誉，并以感恩之心回报社会。

"社会给了我莫大的关爱，人民给了我第二次生命，我必须以一颗感恩之心、一腔赤子之情回报社会和服务人民。"

这是你写在日记扉页上的一行文字，以此警醒自己。

你热爱文学，在军内外报刊发表各类作品600余篇（首），出版过诗集和散文集，成为中国作家协会会员。你的文章获得过全国大赛的一等奖，其中，《假如雷锋活着》，被收进军队中专《语文》教材。

你也坚持练习书法，被国内多家书画院聘为名誉院长，书法作品多次参加全军书画展，还被人民大会堂和军事革命博物馆收藏。

无论作文还是书法，你肯下功夫。因为你明白："人不是轻而易举就可以获得肯定，即便你是英雄。"

你的爱好还有很多，比方，你喜欢打乒乓球，喜欢舞双节棍，喜欢自学中医。只读过初中的你，先后进修了大学、研究生课程，孜孜不倦地学习，不断磨砺自己，提升自己。

所有这一切，证明你就是一个平凡人。你在自己的岗位上，坚守着平凡。

然而，当危险来临，你的血性和责任，让你立即站了出来：

1993 年勇斗歹徒，你站了出来；

1998 年抗洪抢险，你站了出来；

2008 年挺进汶川，你站了出来；

2014 年爱心义卖，你站了出来；

2015 年走入嵩县，你站了出来……

你站出来，不是要当英雄，而是用一系列的平凡成就不平凡。

你说："我在部队，就老老实实当兵。离开部队，就勤勤恳恳做人。"

你从没有在功劳簿上吃老本，相反，你用一个个"站了出来"，在功劳簿上增加新的元素、新的内容、新的荣光。

你站在时代的大潮中，你感恩；你站在无私的奉献中，你欢喜；你站在不懈的追求中，你充实。

你站了出来，站在自己的风景里，站在诗和远方中。

金茂芳：
人民币上的"女拖拉机手"

那个时候，新疆是个"大漠孤烟直，长河落日圆"的地方。

茫茫四野，人迹罕至，最低气温在零下 46 摄氏度以下。

但你们义无反顾，来了！

没有碎石车，就用钢钎和铁锤，你们在战斗；

没有挖掘机，就用推车和风钻，你们在战斗；

雪崩了，赶紧躲开，停了后，你们抄起铁锹，继续战斗；

山塌了，迅速避让，清理完，你们重新点火，继续爆破；

没地方住，挖一个地洞，铺一把野草，就是你们的地窝子，就是温暖的家；

没有吃的，没有喝的，就咬紧牙，抓一把雪，忍一忍，熬一熬。

乍起的雷电，翻滚的乌云，突然卷起的暴风雪，死去的动物，残存的皮毛，饿狼在远处偷窥，秃鹰在头顶盘旋，断枝，昏沙，残阳……这是生活的常态，没什么了不起。

为了引来天山之水，你们采石，一锤一锤敲，一块一块背，穿一块羊皮，野人般奔忙，将石灰和砖磨成粉，奋力搅拌，自制水泥，粉尘飞扬，呼出的气都含着黑灰，咳出来的痰都带着污血。

你们营养不良，患上了夜盲症，把唯一的一点蔬菜留给最年轻的那个人，只为保有一双夜行的眼睛。休工时，你们排成长队，手

拉手，由看得见的那个人领回地窝子。虽然看不见，但是知道，你们一天的血汗又将浇开一片希望……

你们在战斗，没有一刻犹豫，用青春和担当，打开生命的禁区；

你们在战斗，没有一点害怕，用责任和勇气，掘出一条条沟渠；

你们在战斗，没有一丝松懈，用智慧和鲜血，筑成一条条公路。

你不是一个人在战斗，也不是一个简单的集体，而是一个兵团，一个全国唯一也是世界唯一的不拿军饷的兵团——新疆生产建设兵团。你如一滴水，光荣地融入承续南泥湾精神的苍茫大海中，背负着崇高的国家使命。

70 多年过去了，从苍苍天山吹来的风，将当年的小伙子小姑娘们吹成了皱纹历历的老人，许多人灯枯油尽，长眠地下。

然而，你像胡杨树一样顽强地活了下来，成为奇迹的见证者：你和八千湘女、六千鲁女和冀豫蜀等地的年轻姐妹与成千上万的上海知青，以及 10 万名开国将士一起，战天斗地，造福后人。截至 2023 年 1 月，新疆兵团森林蓄积量达到 3511 万立方米，森林覆盖率达 19.16%，草原综合植被盖度达 42.6%，湿地面积稳定在 398.28 万亩，昔日的戈壁荒漠，不断被绿荫拓展、覆盖。这是你和你的战友们共同创造的世界奇迹。

有人说，假如你不来新疆，生活一定更安宁、更幸福。

你坚定地摇头，于你而言，人生没有"假如"，只有"无悔"。

你说：无论怎么苦，都没有感觉来得不对。你的根已深深扎进这片土地，即便是冰冰的石头，也被你焐热了。

你是新疆生产建设兵团第一代进疆女兵，第一代女拖拉机手，是我国第三套人民币 1 元纸币中"女拖拉机手"的原型，是名副其实的"戈壁母亲"和"最美奋斗者"——金茂芳。

"到祖国最需要的地方去。"这是那个时代成千上万的年轻人发出的呼喊。

你是其中的一个，既普通，又独特。

"同志们辛苦了！请问你们有什么要求吗？"

"现在什么都有，没要求。"你们面带微笑，低声答道。

突然，人群中响起一个声音："报告首长，我们从进驻和田那天起，50多年了，一直没出过沙漠，没坐过火车，没见过城市……"

这是1994年国庆前的一天，兵团首长来慰问你们时听到的最辛酸的话，首长的眼泪顿时流了下来。

不久，身体尚可的17位老兵坐上火车，异常兴奋，像过年一样，穿着发白的旧军装，来到"戈壁明珠"石河子市。下车后，你们慢慢走，四处张望，好奇而不安。那么高的楼是怎么砌上去的？街上的车子比拖拉机快得多，也不发出什么声音？站在电梯里，就能到达宾馆的房间？屋里咋还铺着地毯，马桶自己会抽水？淋浴喷头流出来的竟然是热水？你们感觉在做梦，许多东西叫不上名字。床单太白，你们怕弄脏，竟和衣在地毯上睡了一夜。

翌日一早，你们来到广场，看到矗立的王震将军雕像，像无声的命令，你们立即列队，挺直身子，颤巍巍地举起手，敬了一个军礼，其中一位老兵大声说："报告司令员，我们是原5师15团的战士，您交给我们的任务已经完成！"

随后，你们扯开歌喉，唱起一支军歌，歌声苍凉嘶哑，老泪纵横。你们一生清贫，唯一的财富，就是身上的各种伤疤和沉甸甸的军功章。

幸运的是，在半个多世纪的风雨沧桑中，你们有了"兵二代""兵三代"，你们的子孙融入了湖南人的勇敢、甘肃人的坚韧、陕西人的朴实、河南人的豁达、山东人的直爽、上海人的善良……他们在你们种下的大树下纳凉，做着新时代五彩缤纷的"中国梦"。

然而，由于种种原因，有些老兵终生未娶，他们徒步穿过死亡之海、穿过塔克拉玛干大沙漠之后，就再也没有走出过大沙漠。

每每看到这些老兵，这些昔日的战友们，你就想到了那一段激情燃烧的岁月，想到了"到祖国最需要的地方去"的伟大号令，想到了长眠地下的爱人和无数默默拓荒的牺牲者。

你经历了苦难、曲折与坎坷，打开了你生命独有的风景；

你奉献了汗水、智慧和青春，垒起了你灵魂坚实的丰碑。

你和你的姐妹们、战友们在完成自我塑造的同时，也用勇敢无畏、责任担当和璀璨的人性之光将戈壁塑造成绿洲、将荒原塑造成良田。

虽然，生活远没有想象的那样诗意浪漫，但是，你走出的一刹那已经定格了最后的永恒，伟大的时代没有抛弃你，相反，它以另一种方式让你的人生变得浑厚、深沉和丰沛，你只是改变了航道，仍然主宰着自己的命运。

你和全国各地的姐妹们，包括失去丈夫的 2650 名单身女性一起，改变了天山的颜色和气候、性格与命运。

你们让荒野有了阳光雨露，有了欢声笑语；

你们让兵团有了从"屯垦戍边"到"建城戍边"的历史性转变；

你们让新疆有了从地窝子、干打垒、砖瓦房再到一片片营房、一座座小镇、一个个新城的快速崛起。

"新疆有多大，兵团就有多大；哪里有生机，哪里就有兵团人。"

你骄傲，你是兵团第一代女兵；

你光荣，你是一个时代的缩影。

而今，你老了，你的个子越来越小了，可你脚下的土地越来越肥沃，你身后的楼房越来越高大，你眼前的城市越来越辽阔……

安文彬：
香港上空的闪电

　　每一天，有 43200 个两秒钟。两秒钟能做什么？对许多人而言，两秒钟实在微不足道。每一天的浪费，何止是区区的两秒钟？

　　然而，对战士而言，两秒钟可以射出一发子弹；对雷霆而言，两秒钟可以抛下一道闪电。

　　对你而言，两秒钟，意味着国家的主权，意味着民族的尊严，意味着香港回归祖国，一刻不能等，一秒不能少！

　　这两秒钟用来做什么？主权回归，当然得升国旗、奏国歌，而奏国歌需要乐队指挥，指挥棒抬起来一秒钟，落下去也是一秒钟。

　　你要捍卫这两秒钟，不能让英国对香港的殖民统治多出两秒钟；

　　你要捍卫这两秒钟，不能让中华民族因此背负两秒钟的耻辱！

　　为了确保鲜艳的五星红旗于 1997 年 7 月 1 日 0 时 0 分 0 秒升起，英国国旗必须在 23 时 59 分 58 秒准时降下，你不仅与英国政府先后进行了 16 轮谈判，而且往来奔走，煞费苦心，以确保仪式的万无一失。

　　英国已占领香港 155 年，攫取了巨大的政治、经济和文化利益，在港长期居留的英国公民达 2.7 万余人。

　　外交世界，暗潮涌动。一次一次角力，一次一次较劲。表面上争的是两秒钟，其实争的是国家的强大与民族的自信。

你怎能不呕心沥血，殚精竭虑？为了这一刻，我们等了155年啊。

终于，香港顺利回归祖国，所有的中国人扬眉吐气，沸腾起来……

你在现场，喜极而泣，喃喃自语道："香港，你终于回来了。"

你是香港回归的"大功臣"，是祖国利益的捍卫者，是资深外交官安文彬。

多么艰难的昨天。

多么漫长的等待。

1974年5月25日，毛泽东在北京会见英国保守党领袖、前首相希思，周恩来和邓小平等在座。毛泽东对希思说："香港是割让的，九龙是租借的，到时候怎么办，我们再商量吧。"接着指了指邓小平等人说："是他们的事情了。"

8年后，邓小平会见希思，已勾勒出"香港回归"的基本路径。

1982年4月，阿根廷发动突袭，一举夺去英国属地马尔维纳斯群岛。时任首相的撒切尔夫人力排众议，命令英国军队远涉两万多公里，经过两个多月的战斗，成功夺回了该群岛。

是年9月22日，撒切尔夫人挟胜利之威来到北京。邓小平说："香港不是马尔维纳斯，中国也不是阿根廷。"他强调指出："主权问题不是一个可以讨论的问题。"他甚至暗示将使用武力作为保卫香港的最后手段，让以"铁娘子"著称的撒切尔夫人摔了个大跟头。

1984年9月26日，中英两国草签了香港问题的《中英联合声明》，邓小平提出了"一国两制"，并说这"不是一时感情冲动，也不是玩弄手法，完全是从现实出发的"。金庸认为"一国两制"是"天

才的设想",是"一言可为天下法,一语而为百世师"。84天后,《中英联合声明》正式签字,其间每一个细枝末节都字斟句酌、锱铢必较,每一点利益的获取都是智慧和意志比拼的结果……

正是因为有毛泽东、邓小平等老一辈革命家为你指明了方向,有周南、鲁平、马振岗和董建华等人的共同努力,特别是有强大的国家和十多亿中国人民做你的坚强后盾,你才可以理直气壮,坚决赢取升旗所需的最后的两秒钟。

每个人的一生都有着特殊的"那一天",对你而言,1997年7月1日,是你一生中最难忘的"那一天"。

乌云散尽,你看到的天空是那么湛蓝,深邃,美好。

仪式结束后,江泽民等党和国家领导人召见工作人员庆功,他特地走到你的身边,伸出大拇指,大声道:"我们胜利了!"

"那一天",于你而言,历历在目;

"那一天",于你而言,永不模糊。

"那一天",正如歌词唱到的:"让海风吹拂了五千年,每一滴泪珠仿佛都说出你的尊严,让海潮伴我来保佑你,请别忘记我永远不变黄色的脸。"

"那一天",正如你说的:"人这辈子,不是活过了多少日子,而是记住了多少日子。"

"那一天",不仅仅属于你个人,也属于伟大的时代,更属于我们的国家、我们的民族!

奉献，是一种态度，一种价值。

"吃的是草，挤出的是奶"，

讲的就是奉献。

奉献是自发的，高尚的，也是美好的。

"春蚕到死丝方尽，蜡炬成灰泪始干"，

这是蜡烛的奉献；

"随风潜入夜，润物细无声"，

这是春雨的奉献；

"落红不是无情物，化作春泥更护花"，

这是鲜花的奉献。

奉献是一种品质，一种追求，一种感悟。

不懈的奉献是一种牺牲，

一种精神，更是一种力量。

奉献

第九章

不懈的奉献

钱学森：
尘埃里的伟大星空

你一出场，头戴光环，闯入一个又一个"禁区"，让华夏振奋；

你一亮相，脚踩火焰，攻占一个又一个"高地"，令世界震惊。

在日复一日的紧张奋战中，你的血液带上了大漠落日的沙尘风暴，你的语言夹杂着日月星辰的盐渍味道。当音乐和诗歌悄然来到你的身边，你握着黎明的手，古老的大地布满湿漉漉的泪水。

多少次，你与死神擦肩而过，留下竹的沧桑和松的孤独。在乌云压城的上空，你抵住巨兽的压迫，抛下一道道闪电，以雷霆之势将"中国力量"推向世界舞台的最前沿，让不屈的民族挺直脊梁，让干涸的河流重新焕发出勃勃生机。

美国火箭专家克拉克说：在中国的留学归国者中，再也没有一个人像你这么重要。

合众国际社记者罗伯特·克莱伯说：正是因为有了你，中国才在 1970 年成功地发射第一颗人造卫星。由你负责研制的火箭，使中国同苏联、美国一样，能把核弹头发射到世界上任何一个地方。

美国海军次长丹金布尔认为：无论在哪里，你都值 5 个师。

毛泽东直言不讳道："美国人把你当成 5 个师，在我看来，对我们来说你比 5 个师的力量大多啦。"你虽然没有当过一天的兵，却被毛泽东亲自核准为拥有中将军衔的科学家，并获得一级英雄模

星火成炬

范勋章。

　　"在你心里，国为重，家为轻，科学最重，名利最轻。五年归国路，十年两弹成。你是知识的宝藏，是科学的旗帜，是中华民族知识分子的典范。"你配得上这样的赞誉。

　　作为祖国航天事业的开拓者、先行者、攀登者，你是新中国留学归国人员中最具代表性、最有影响力的国家建设者，是共和国历史上伟大的人民科学家。1989年，中共中央组织部把你与雷锋、焦裕禄、王进喜、史来贺等五位英雄誉为新中国成立以来"在群众中享有崇高威望的共产党员优秀代表"。

　　你是吴越王钱镠的第33世孙，是闻名世界的空气动力学家，是中国载人航天事业奠基人、全国政协副主席，是"中国导弹之父""中国航天之父"和"中国火箭之王"，你还有一大堆没有列出的沉甸甸的桂冠，每一个都金光闪闪，但你最喜欢最中意的还是："中国人民的儿子"——钱学森。

　　你为国家鞠躬尽瘁，国家也给予了你至高无上的荣耀。

　　你与毛泽东的友谊，见证了一代伟人对你的欣赏、敬重和挂牵。毛泽东第一次接见你是在1956年1月25日最高国务会议上，他跟你谈了哲学问题，提出："要懂得新生的、最有生命力的东西，总是在同旧的、衰亡着的东西斗争中生长起来的。"对你启发良多。

　　第二次是1956年2月1日，你应邀参加全国政协分组讨论会。当晚，毛泽东宴请与会委员，毛泽东亲自将你的座位调到他的右边。

　　1975年1月，周恩来到长沙向毛泽东递交一份第四届全国人民代表大会代表名单，此时毛泽东身体已经很虚弱，他说：名单不看了，只查查一个人在不在名单上。如果没有，就补上。他讲的这个人，就是你。

你是值得毛泽东惦念的。你的回国效力，让中国的导弹、原子弹发射时间至少向前推进 20 年。

1985 年，美国政府反省当年的迫害，希望授予你"国家勋章"。你明确表示，美国人给予再高的荣誉也不稀罕："如果中国人民说我为国家、为民族做了点事，那就是最高的奖赏！"

著名词作家阎肃这样评价你："大千世界、浩瀚长空，全纳入赤子心胸。惊世两弹、冲霄一星，尽凝铸中华豪情，霜鬓不坠青云志。寿至期颐回首望去，只付默默一笑中。"

在华夏大地，有一座图书馆以你的名字命名，时任国家主席江泽民同志亲自题写馆名，这是中国第一个以在世科学家名字命名的图书馆。在浩瀚的星空，有一颗国际编号为 3763 的小行星，也是以你的名字命名的。无论在知识的海洋，还是遥远的宇宙，你发热发光，你的心跳始终跟祖国的搏动和人民的呼吸连在一起。

2009 年 11 月 6 日，你的追悼会在北京八宝山革命公墓举行，时任国家最高领导人和政治局常委悉数到场，从全国各地和海外赶来的人络绎不绝，为的是最后看你一眼，为你献上一束白花，寄托一份哀思。

你希望做一粒尘埃，沉醉于伟大的星空，在神秘无垠的广漠，你感到自己是那浩瀚世界最纯粹的部分，你与星星共舞，在风中飞翔。远方响起黄钟般的声音，那是祖国母亲对忠诚的儿子最深情的呼唤……

茅以升：
人生的桥梁叫"奋斗"

你是天生的架桥者，为桥而生，衔虹而去。

从无到有，你架起一座座智慧之桥、血汗之桥、生命之桥；

从此岸到彼岸，你搭起一座座拼搏之桥、现实之桥、繁荣之桥；

从浩瀚的苍穹上，你采撷日辉，嵌着月华，融着星芒，穷尽一生，为祖国的大江大河架桥，为民族的复兴与人民的福祉架桥。

作为我国桥梁建筑史上的里程碑，你设计的钱塘江大桥，生于战火前，毁于战火中，重建于战火后，你呕心沥血，实现了"炸药不放对位置都炸不掉"的誓言。在 60 多年的沧桑岁月里，这座大桥巍然屹立在滔滔江水之上，让川流不息的汽车、呼啸而过的火车和成千上万的人见证了你的骄傲和自豪。

"天堑变通途"，你将壮美的景观留在人间，这是你的专业追求；

"成为一名共产党员"，你将信仰化作彩虹，这是你的理想追求。

早在 1958 年，你就萌生了入党的想法。你明确提出"中国共产党是建设新中国的总工程师"。4 年后，你见到周总理，吐露了心愿，周总理说，你留在党外更便于工作。你明白周总理的用心，事事以一个共产党员为标准，并称自己为"党外布尔什维克"。

90 岁生日时，你写下"老骥伏枥，志在千里，生命从 90 岁开始"。也就在这一年，你给邓颖超大姐写信，再次表达心愿："我已年逾

90，能为党工作之日日短，而要求加入党的殷切期望与日俱增。"

1987 年，你的夙愿实现了。当时你患有严重眼疾，几近失明，但你盯住鲜艳的党旗，庄严地举起右手，一字一句读着入党誓词。宣誓后，你抑制不住激动，说："今天，是我一生中最光荣、最难忘的一天！"

你不仅主持设计建造了中华民族历史上第一座铁路公路两用大桥，此刻，你又以实际行动为自己建造了一座由爱国主义者通向共产主义战士的大桥！

你是"中国现代桥梁之父"，是最美奋斗者——茅以升。

"纵然科学没有祖国，科学家是有祖国的。我是中国人，我的祖国更需要我！"你的话如此质朴，却又如此感人肺腑。

1919 年 11 月，你顺利通过答辩，成为卡内基·梅隆大学第一个工科博士，获得"斐蒂士"金质奖章，该奖章全校每年只发一枚，奖给学生中最优秀者。当国外多所著名大学和桥梁公司开出优厚条件请你加盟时，你掷地有声地做了上述回复。

2006 年，卡内基·梅隆大学为你塑了一尊雕像，你是该校建校百余年历史上享此殊荣的第一人。

你说："一千多年前造的中国石拱桥至今蜚声中外，可是铁路运输产生后却远远落后了。国内仅有的几座像点样的铁路大桥都是外国人修的，这是我们学工程的人的最大耻辱。"

我们因此有了钱塘江大桥和武汉长江大桥，这是你书生报国之"桥魂"精神的伟大见证。

不仅如此，你还十分重视科普工作，坚持认为"科学绝不仅仅是科学家的事。只有让广大群众懂得科学，才能提高整个国家的科

学水平"，而科普工作"是祖国通向现代化的桥梁"。为此，你创作了许多寓意深刻、生动感人的科普作品。《五桥颂》《中国的古桥和新桥》成为中国近现代桥梁史上的开山之作；你主编的《中国古桥技术史》填补了中国桥梁史的空白；你写的《中国的石拱桥》被收入中学课本；你的作品还在《人民日报》上连载，并被翻译成英文、法文、德文等多种文字在国外出版。

你设计封面、亲手装订的一套厚达1米多、共9册的巨著《桥话》，是你架起的又一座智慧之桥、文学之桥、科普之桥。毛泽东竖起拇指对你说："你写的《桥话》我都看过了，写得很好，你不但是科学家，还是文学家呢！"

直到晚年，你仍然笔耕不辍，由于视力太差，家人为你用纸板做成条框，罩在稿纸上，以免写得串行。你说："人生之路崎岖多于平坦，忽似深谷，忽似洪涛，好在有桥梁可以渡过，桥梁的名字叫什么呢？叫'奋斗'！"

这，正是你一生的光辉写照。

1987年，91岁的你最后一次登上钱塘江大桥，戴着1500度近视镜片的你，连人的眉毛鼻子都看不清楚。但你坚持自己走，颤巍巍地摸着桥的栏杆，其时，夕阳西下，白鹭纷飞，桥上车流如水，桥下千帆竞发，你的眼睛蓄满了泪水……

陈景润：
山脉的价值

你说，时间是个常数，花掉一天等于浪费 24 小时。你对时间的珍惜到了吝啬的地步。即便极其恶劣的环境，你也遨游在数学王国里，乐此不疲。

不管别人说什么，也不管失败多少回，你坚持住，咬紧牙关，走自己的路。

你说，攀登科学高峰，就像登山运动员攀登珠穆朗玛峰一样，要克服无数艰难险阻，懦夫和懒汉是不可能享受到胜利的喜悦和幸福的。

1973 年，你在《中国科学》发表的"1+2"详细证明，引起世界轰动，被公认是对哥德巴赫猜想研究的重大突破，是筛法理论的光辉顶点。国际数学界以你的名字将这项成果命名为一种定理，近半个世纪来，你依旧站在世界之巅。中国科学院林群院士打了个生动的比喻，说你是"数学界的百米飞人博尔特"。

许多人把你看成"怪人"和"书呆子"，而诗人徐迟透过表象，看到了你身上散发出来的惊人的耐力、科学的魅力和人性的光芒。

1978 年 1 月，《人民文学》在头条位置推出了徐迟撰写的关于你的报告文学《哥德巴赫猜想》，一石激起千层浪。同年 2 月 17 日，《人民日报》《光明日报》破天荒用三大版的篇幅进行全文转载。

新中国成立后，你是第一个被当作正面主角和英雄人物描写的知识分子。你在板结已久的中华大地刮起了飓风，甚至成了科学的代名词，让科学家一夜之间成了最受尊重的人。你成为知识分子的光荣代表和无数青少年的励志偶像。"学好数理化，走遍天下都不怕"成了当时最时髦的口号。

从此，知识分子作为国家建设大军的重要组成部分，在中国新时期文学的人物长廊里占据了应有的一席之地。

你坚信："一个国家、一个民族，要想强大，自然科学不发达是万万不行的，而数学又是自然科学的基础。"

邓小平高瞻远瞩，高度评价你，说你"是在挑战解析数论领域250年来全世界智力极限的总和"，中国要是有一千个你就"了不得"。

法国数学大师安德烈·韦伊说，你"做的每一项工作，都好像是在喜马拉雅山山巅上行走。危险，但是一旦成功，必定影响世人"。

你说人生的目的"是奉献，而不是索取"。临终之际，你留下遗嘱："捐赠遗体供医院解剖。"你把一切都献给了这个国家——这是你最后的奉献。

2018年12月18日，党中央、国务院授予你"改革先锋"光荣称号。

你是新中国成立以来感动中国人物，是激励青年勇攀科学高峰的典范，是数学家——陈景润。

2019年3月19日上午，中国科学院基础科学园区外，一名系着白色围巾的青年，手捧你的传记，声情并茂，高声朗读。面对越来越多的围观者，这名青年动情地说，今天是你逝世的第23个年头，他从小崇敬你，想以这种方式纪念你。

是的，你只是长眠地下，你的精神依旧闪烁着动人的光芒。人们在怀念你的同时，也会怀念从泥土里发现金子的数学家华罗庚和诗人徐迟。

1955 年，你发现华罗庚的名著《堆垒素数论》有一处不易察觉的错误，遂将它写成论文，并给心目中的大师写信说："明珠上落下的灰尘，我愿帮您拭去。"

华罗庚认真读完你的论文，惊叹道："太好了！"

《堆垒素数论》发表 70 余年来享誉世界，先后被译为俄、匈、日、德、英文出版，是 20 世纪经典数论著作之一，其结果至今仍居世界领先地位。面对这样的高水平著作，居然有位 20 岁出头的中国青年提出独到的见解，华罗庚喜出望外。

1956 年，中国科学院数学研究所召开第一次全国数学研讨会，华罗庚走上讲台，没有宣读论文，也没有做主旨讲话，而是庄重地讲述你对《堆垒素数论》的独到见解。

随后，华罗庚力排众议，把你调到他身边工作。

你没有辜负"伯乐"的期望。10 年后，你完成"1+2"的证明，登上了数学王国的顶峰。面对成绩，你总是念念不忘："我是华先生第一个、也是最后一个'走后门'调来的年轻人！"

1984 年，得知你患帕金森综合征，华罗庚很难过。翌年出访日本前，曾专程到医院探望，安慰你说："我也可能患有帕金森综合征，等我回国后，咱们都在这儿住院。"谁知访问期间，华罗庚心脏病突发，不幸逝世。

消息传来，你泣不成声。华罗庚骨灰安放仪式那天，你不能自主行走，也不能站立，但你坚持要见恩师最后一面，并一定要和大家一样站在礼堂。由两人一左一右架着胳臂、后面一人支撑的你，

硬撑了 40 分钟，不停地抽泣。

11 年后，你与世长辞。

8 个月后，诗人徐迟以独特的方式随你而去。他曾留下一诗："我所攀登的山峰 / 在雨雪云雾笼罩下 / ……它吸引你走近它 / 像磁场引导指南针 / ……除非你是一个勘探队员 / 你不会知道这山脉的价值。"

蓦然回首，1978 年，是那样的与众不同。

邓小平在科技大会上疾呼："大量的历史事实已经说明：理论研究一旦获得重大突破，迟早会给生产和技术带来极其巨大的进步！"

郭沫若大胆预言：科学的春天来了！并声称："这是革命的春天，这是人民的春天，这是科学的春天！"

"春色满园关不住，一枝红杏出墙来"。当"神七"升空，嫦娥奔月，蛟龙潜海，航母下水，高铁疾飞，北斗导航……中国的崛起令世界震惊。

那一年春天，你的"山脉的价值"，借着诗人的想象，像韧劲十足的红杏，闯开了中国科学的大门，但见奇花异草，生机勃勃，莺歌燕舞，万紫千红……

袁隆平：
稻尖上的"恒星"

你的头型像一棵稻穗，你的额头有着谷粒的饱满，你的脸孔被太阳晒得泥土般黝黑。你站在那里，活生生一尊水稻"守护神"。

你每天到田边"打卡"，像关心孩子一样关心超级稻，一刻不见就会失落。晚上睡觉还在想，长得怎样了？有没有病虫害？气候是不是干旱？开了多少花？能结多少穗？会收多少籽？每亩田有千万谷粒，你数啊算啊，不觉就做起了梦。

你梦见超级稻的茎秆像高粱一样高，穗子像扫帚一样大，稻谷像葡萄一样结得一串串，你和农民们在稻田边散步，在禾荫下乘凉。你想着让天下人都吃饱、吃好……想着、想着，你就笑了；笑着、笑着，你就醒了。

"喜看稻菽千重浪，遍地英雄下夕烟。"这是一代伟人毛泽东的名句，你非常喜欢，数十年来，它带着一种暗示，一种力量，鞭策着你，激励着你。

你培育的水稻，被西方专家称为"东方魔稻"，解决了14亿中国人吃饭的问题。诺贝尔化学奖得主、美国科学院院长西瑟罗纳认为你为世界粮食安全作出了杰出贡献，每年增产的粮食可为世界解决7000万人的吃饭问题。

目前，全球杂交水稻年种植面积约800万公顷，全世界有约1.6

亿公顷稻田，如果一半种上杂交水稻，每年增产的粮食可以多养活地球上 4 至 5 亿人口。

国际水稻研究所所长、印度农业部前部长斯瓦米纳森动情地说：你是"杂交水稻之父"，你的成就给人类带来了福音，不仅是中国的骄傲，也是世界的骄傲。

你的成就也是对美国经济学家布朗提出的"未来谁来养活中国"最有说服力的回答。

1981 年，你获得我国第一个"国家特等发明奖"；1999 年，中国以你的名字命名发现的小行星；2000 年，你获得国家最高科学技术奖；2018 年，你获得未来科学大奖和"改革先锋"光荣称号。

2019 年 9 月 17 日，国家主席习近平签署主席令，授予你等 8 人"共和国勋章"的国家最高荣誉。

消息传来，你在距北京 1600 多公里的湘南一片双季晚稻试验田里，拿着一株水稻，笑容满面地说："花开得旺，我有信心突破亩产 1000 公斤大关。"

面对获奖，你很淡定："荣誉是对我们成绩的肯定，但我们不能躺在功劳簿上，还得继续干活。只要能解决老百姓的吃饭问题，个人的荣辱得失又算得了什么？搞科研的人要有使命感，有胸襟！"

你是"泥腿子专家"，是"泥腿子院士"，也是美国国家科学院外籍院士。

你被誉为全球最牛的农民，也是跨世纪的"最伟大的农民"——袁隆平。

人人知道粮食的重要性。对拥有 14 亿人口的中国来说，粮食，既是一日三餐的必需品，又是国计民生最重要的战略物资。

你说："中国人的饭碗，要牢牢端在自己手上。"你的一生，都维系在这份至关重要的事业中。

对你而言，"爱国就是让粮食增产，用有限的土地养活更多的人"。

2019年10月14日公布的《中国的粮食安全》白皮书显示：我国人均粮食占有量约为470公斤，比70年前增长了126%，高于世界平均水平。你厥功至伟。

因为你，长沙马坡岭国家杂交水稻中心成为各国水稻科研工作者心目中的"朝圣地"。

你家门前不远处有一块试验田，站在窗户边就能看到，可你每天要去田边四五回，看看那里的"孩子们"。

不管天晴下雨，你起床后第一件事，不是洗脸刷牙吃早饭，而是下田，摸摸"孩子们"是否长高长胖。正午热浪冲天，你第二次去"问候"。第三、四次下田，则在晚饭前和晚饭后。有时半夜里，月光照下来，你还要去看看。这些"孩子们"不仅进入你的梦里，更渗入你的血液中。

别人说你"霸得蛮""拼得命"。你幽默道："我是'90后'，不拼不行啊。我喜欢晒太阳，脱了一层又一层老皮，我活得健旺，拼得快乐啊。"

2000年，"隆平高科"上市，用你的名字，你原本没同意。领导说，公司上市后，杂交水稻研究不再需要外国人投资。你一听，同意了。

你的品牌价值为一千多亿。你每月收入几千元。你说，这钱够花了。

后来有人劝你，卖掉股份就能轻松拿到上亿元。你说："我

一分钱都不卖，一分钱也不拿，我就是个'过路财神'。"

你的金钱观是：一、钱是重要的，但来路要正；二、钱是拿来用的，但莫奢侈浪费；三、钱不是衡量地位身价的标尺。

80岁前，你一天抽一包烟，现在全戒了。你说："保养身体，为了下田。" 一次上街，看到路边的衬衫打折，10元一件，你一口气买了10件，喜滋滋的："这样的衬衣好啊，下田穿起来方便，不用担心弄脏。"

你像水稻一样实诚，开出的花不香，却能结出沉甸甸的谷穗。

你说："我不是科学家，也不是什么农民科学家，我是科技工作者，顶多就是农学家，科学家谈不上。"

当别人夸你成功时，你列出一个公式：知识＋汗水＋灵感＋机遇＝成功。当人们把鲜花和掌声送给你时，却发现你还在稻田里劳作。

你的事迹被编入最新高中语文教材，年轻人"追星"，不应追光怪陆离的"流星"，而应追你这样质朴本真的"恒星"。

岁月是一把剪刀，剪出一堆皱纹，你密密麻麻的脸上，每一道皱纹，都充满泥味、汗味和水稻味……

樊锦诗：
永远的敦煌

那是一座不朽的文化遗存，带着人类久远的秘密，坟茔般寂静、孤傲地睡在时间的边缘。你进来的时候，消瘦的身影伴随着泥沙、风声和好奇。你边走边看，仿佛做了一场梦，数十年就这么过去了，你的呼吸、思考、焦虑和欢喜都浸润在漫漫黄沙和茫茫戈壁的每一道缝隙里。

你无法忘记倚崖而建的高楼，叫"九层楼"。你觉得叫"九重天"更恰当，鬼斧神工，静静地卧在那里，接收着天上的星光、地面的孤独。每次走过，你都会回望一眼，似乎要把星光摘下，将白云寄走。

你无法忘记"九层楼"上的檐角都挂着铃铎，取名"铁马"，为什么叫这个名字，是骑马的人不在了，还是等待骑马的人再来？你不知道原因，但你知道，纵然是真正的"铁马"，也早已被风沙刮走。白天黑夜，总有一种声音在你的胸口摇曳作响，夜半时分，你还被"铁马"不经意地叫醒。你看着窗外遍地的白，比洒下的月光更孤独。

你无法忘记你的前辈常书鸿说过的话："到敦煌来，只有抱定'舍身饲虎'的决心，才能干出一番事业。"他言于此，行于此，你亦如此。

你无法忘记河西走廊的莫高窟，作为"沙漠中的大画廊"，承载着中国 1500 多年历史变迁和艺术积淀，记录了四大文明汇流交融的高光时刻，也是辉煌的中华文明最具标志性的符号之一。那里有 735 座洞窟、2000 多尊彩塑、4.5 万平方米的壁画，是世界上现存规模最大的佛教文化遗址，也是中国现存规模最大、内容最丰富的古典文化艺术宝库。

日本在此拍了一部纪录片，名字就叫《美的全貌》。

你无法忘记来到这里的使命。敦煌的珍贵和稀有，使之成为世界文化遗产的明珠。然而，美是易碎的，越是美的东西，越容易破碎。

敦煌的今天是一个奇迹。你和你的前辈、同仁，就是奇迹的创造者。

没有你们的执着和坚守，敦煌早已残垣断壁；

没有你们的担当和牺牲，敦煌早已面目全非。

你是出生在大上海的"弱女子"，是备受宠爱的大家闺秀，是才华横溢的北大高材生。你来到这里，以为只是惊鸿一瞥，匆匆而过，没想到，你竟缘定终生，在此度过了一辈子的光阴，奉献了一辈子的汗水与智慧。

你坦承，你也想过离开。然而，每到关键时刻，你就动摇了，动摇后不是离开，而是继续留下。

爱之深，你就有了守护的冲劲；

情之切，你就有了坚持的理由；

志之坚，你就忘了生活的艰辛。

国学大师季羡林说，你功德无量。你为民族瑰宝的殉道精神，令青山不忍老去。你奉献的不仅仅是青春与才情，你谱写的也不仅仅是平凡与伟大，你的隐忍，你的赤诚，你"舍我其谁"的勇气，

都配得上"改革先锋""感动中国人物"和"共和国勋章"等一系列荣誉称号。

所有的付出与努力，都是值得的。因为，你是"敦煌的女儿"——樊锦诗。

2020年1月17日，中共中央宣传部授予敦煌研究院"时代楷模"称号。当晚新闻联播为你和你的前辈、同仁点赞。

1935年，正在巴黎留学的常书鸿，偶然看到一本《敦煌图录》画册，十分震惊，决意回国。随后的数十年，他把自己献给了敦煌，一度靠画人像、变卖自己的画作为之筹钱。妻离子散，在所不辞。常书鸿反复默念："祖国啊，在苦难中拥有稀世之珍的敦煌石窟艺术的祖国啊，我要为你献出我的一切！"

1944年，国立艺专毕业生段文杰在张大千临摹的敦煌壁画前，屏住了呼吸。他之后来到莫高窟，一次次试验临摹技艺，终其一生，共临摹洞窟壁画340幅，是莫高窟个人临摹史上的第一人。

1962年，李云鹤第一次打开161号敦煌洞窟的大门，壁画表层全是鱼鳞状的甲片，风一吹，碎屑雪片般滑落。他用手术般的技艺精细修复它们，与时间赛跑。这场马拉松赛比的是速度，更是耐力和意志。87岁的他依然坚守在文物修复一线，每天在脚手架上一站就是数小时……

你们是个体，又是集体。一个人，一座城，一件事，一辈子，一颗心。这"五个一"是你们的真实写照。

你们讲述敦煌故事，敦煌故事也讲述着你们。你们从时光中走来，又被后人推进时光中去。你们穿过黄沙，在回答"我在"时，敦煌的心也为之跳动。

人生本可以有无数条路，你为何选择了最艰难的一条：在大漠深处，钻进那黑黢黢的洞窟，一待就是一辈子？

你说，这是缘，也是命，更是国家的需要。

与其说，你选择了敦煌，不如说，敦煌选择了你。

所谓"永远的敦煌"，因为你，我们才真正看见"永远"二字的荣光；

所谓"永远的莫高窟"，因为你，我们才真正看清"永远"背后珍贵的记忆与高贵的灵魂。

敦煌的每一个角落都烙上了你的目光和气息；

莫高窟的每一座洞窟都留下了你的触摸和温度。

你感觉自己是长在敦煌大树上的枝条，你离不开敦煌，敦煌也离不开你。

外面的繁华与喧哗不属于你。只有在敦煌，心才能安宁。

听，莫高窟的风，轻轻吹过，夹杂着沙子，掀动着你的白发。

如果死了以后，要留一句话，你想留的是："我为敦煌尽力了。此生命定，我就是做一个莫高窟的守护人。"

黄伯云：
努力做一个"强大的我"

吾道南来，原是濂溪一脉；大江东去，无非湘水余波。

你从湘江走来，带着岳麓书院"惟楚有材，于斯为盛"的自信，高举"经世致用，敢为人先"的大旗，在攻克科学堡垒的"雄关漫道"上，你吃得苦，耐得烦，霸得蛮，终于闯出了一条康庄大道。

你是我国改革开放后第一个在美国完成硕士、博士学习，从事博士后研究的留学归国人员。回国后，面对各种困难，你无怨无悔。

你坚信：国家的需要永远是第一选择。

"没有天空，再好的鸟儿也无法飞翔。"你充满感激地说，"国家在经济极其困难的情况下送我们出去，是去留学的，而不是'学留'的，我们应该回国参与国家建设。祖国的天空任我翱翔！"

每个人都有自己的兴趣和爱好。你的兴趣就是科研，你的爱好就是实验。整天坐在充满各种气味的实验室，面对成排成堆的仪器、仪表和密密麻麻的神秘数字，你不断地测试、替换、琢磨、思考、修改、计算，乐此不疲。

每当攻克一个难题，你会有一种化蛹为蝶的飞翔感和自豪感："想想就兴奋，这碳原子，原本是杂乱无章的，通过研究它、破解它，让它们在我的指挥下整齐排列，那是莫大的幸福啊。"说起这个过程，你脸上露出大男孩般的羞涩的微笑。

你孜孜以求于"碳盘"的突破，作为飞机，每减轻 1 克都需要付出卓越的努力，而"碳盘"的质量只有金属盘的四分之一，你把它视为"一个不能放弃的任务"，因为"这是国家的重大需求，我们不能绕着走。科研人员不能光挑芝麻担子，要挑就挑大担子，要干就干国家需要的大事"。

从"学步"到"跟跑"，你坚持，不彷徨，风雨兼程；

从"跟跑"到"并跑"，你执着，不盲从，全力以赴；

从"并跑"到"领跑"，你清醒，不自满，继续攀登。

2005 年 3 月 28 日，你从国家主席胡锦涛手中接过国家技术发明奖一等奖，结束了该奖项连续 6 年空缺的历史。虽然，走上领奖台只需短短的 1 分多钟，但你和你的团队走到这一刻却用了 17 年的时间。

"这个和世界上最硬材料打交道的人，有着温润如玉的性格，渊博宽厚，抱定赤子之心；静能寒窗苦守，动能点石成金。他是个值得尊敬的长者，艰难困苦，玉汝以成，三万里回国路，二十年砺剑心，大哉黄伯云！"这是 2005 年央视"感动中国"人物颁奖辞，是对你的高度概括。

你是教育家，是院士，是全国劳动模范，是共和国"最美奋斗者"——黄伯云。

"让中国大飞机翱翔蓝天。"这是你和你的团队的誓言，它醒目地挂在中南大学"大飞机机轮刹车系统工作室"的墙壁上。2017 年 5 月 5 日，你受邀参加 C919 首飞仪式。C919 冲上云霄，承载着几代中国人的航空梦一飞冲天。你异常激动！你和你的团队呕心沥血研制出的产品属于 A 类关键部件，在整个大飞机中占有极其重要

的地位。

你说："把梦想照进现实，是最幸福的事。"作为顶级科学家，你明白新材料是科技发展的硬道理。制约国家科技发展的因素，说到底，都是核心技术问题，其中的关键因素如芯片等，其实就是材料问题。你说，技术就像一堆干柴，没有"资本"持续发力，点火成功，也会熄灭；即便燃烧，也不能产生熊熊大火，最后成为没用的"垃圾"。中国新材料要实现"资本"和技术的高度结合，才能斩断"卡脖子"的手，推动科技向前发展。

在外人看来，你 1988 年回国，17 年间完成几次飞跃：两年后当上中南大学教授和粉末冶金所所长，5 年后当上副校长，10 年后当上校长，11 年后当上院士，17 年后率队"问鼎"国家技术发明奖一等奖……可多少人知道，你背后的付出与煎熬，你一路走来的辛苦与不易，你"打掉牙齿和血吞"的倔强与坚持？

"我选定的目标，即便将老命搭进去，也在所不惜。"这是你的狠劲。"所谓失败，就是做事过程中的一种状态。我们做事，就要遇山打洞，逢水架桥，死马也要当活马医，不要轻言放弃。"这是你的拼劲。

正是这种狠劲和拼劲，让你的事业如虎添翼。如今，70 多岁的你虽然退休，但依然在忙碌。

岳麓山下苍劲的老树、古朴的旧楼让你学会了沉静。只有心灵沉静，你的根才会深深扎进泥土。而根扎得越深，向上的枝丫才越有靠近天空的实力。你希望年轻的一代要努力做一个"强大的我""有竞争力的我"，唯其如此，才不负春光，不负这个伟大的时代。

荣光，不是花冠的光泽，

而是太阳的光芒，像金子一样闪亮。

砥砺的荣光，往往跟国家、民族联系在一起。

大风起兮云飞扬。

国之光，可与"日月兮齐光"。

为民族富强、为中华崛起而砥砺奋进，

这是一份荣光；

甘做磨刀石，使民族的刀刃更加锋利，

这是一份荣光；

甘做铺路砖，使祖国的大厦更加巍峨，

这是一份荣光。

说到底，荣光，

是每个人心心念念的一种向往。

荣光

第十章

砥砺的荣光

于敏：
壮哉，国之脊梁！

你来的时候，月黑风急，在西部戈壁，岁月染白了你的青丝；

你去的时候，天高云淡，在大漠深处，风霜摧折了你的容颜。

在你身上，我看到了忧国忘家、舍生取义的文化传统，看到了你和你的同仁流淌着尽忠报国的爱国热血。

你和所有的英雄一样，有着同样的基因，同样的情怀，同样的忠诚，不一样的只是时间、地点和方式。

有人选择奔赴战场，浴血奋战；

有人选择以笔为剑，电闪雷鸣；

而你选择"隐姓埋名"，将光芒藏进美妙的春天。

少年时代感受到的国家屈辱让你一再吟起岳飞的名句——"兵安在？膏锋锷。民安在？填沟壑"，你希望自己像岳飞一样：荡寇平虏，振我山河，为国戍边，为民谋福。

你做到了。从原子弹到氢弹，美国人用了 7 年 3 个月，英国用了 4 年 7 个月，法国用了 8 年 6 个月，苏联用了将近 4 年。

而中国，只用了 2 年 8 个月——因为有你！

你说："为了祖国的安全，我愿意为国家和民族的事业贡献自己的一切。"

20 世纪 50 年代，你在原子核物理方面的研究成果就受到国际

学界的瞩目。

1957 年，日本原子核物理和场论方面的专家团来中国访问，诺贝尔物理学奖获得者朝永振一郎曾被你的才华所折服，称你是"中国国产一号专家"；

20 世纪 60 年代，著名物理学家、后来的诺贝尔物理学奖获得者阿格·玻尔访华，在短暂的接触中，他发现你是极其出类拔萃的人，对你肃然起敬。

你说："一个人的名字，早晚是要消失的，留取丹心照汗青，能把自己微薄的力量融进强国的事业之中，也就足以欣慰了。"

你的努力没有白费。当今世界只有两种氢弹构型，一种叫 T–U 构型，另一种就是以你的名字命名的构型，而在小型化方面，你的构型更具优势。

当时中国，仅有一台每秒万次算力的电子管计算机，且 95% 的时间用在原子弹的计算上，只有 5% 的时间留给你负责的氢弹设计。

"计利当计天下利，求名应求万世名。"这是对你的最好概括。你先后于 1985、1987 和 1988 年三次获得国家科学技术进步奖特等奖。但你不居功，不自傲，一生谦逊，两袖清风。

我要献上深深的感激。我们并非生活在和平的时代，只是生活在和平的国家。因为有你这样的"镇国之宝"，我们才有今天的自信。

你是"两弹一星"功勋英模，是"改革先锋"，是中国的骄傲——于敏。

爱因斯坦说过："第三次世界大战用什么武器我不知道，但第四次世界大战一定是用石头。"

核武器毁灭性的威力，令人恐惧。但作为一个大国，发展核武器，不是为了用它，而是有了它，就有话语权，就不会受到别国的欺压和霸凌。

1964 年，我国第一款原子弹爆炸成功，人们记住了钱学森和钱三强的名字；1967 年，我国第一款氢弹爆炸成功，不知道谁是总设计师，直到 28 年之后，人们才知道，中国"氢弹之父"，竟是"默默无闻"的你。

1984 年，你再次来到罗布泊核试验场，这也是你最后一次来到现场。你和邓稼先一起，站在指挥车上，像置身于烽火的将军，目光炯炯，面色严峻。

每一次重大试验，你都亲临场区，来到第一线，见证发射的瞬间，等待试验的结果。每一次，你的心都提到嗓子眼：会不会成功？有没有意外？

无论前面想得多么周全，无论算得多么详尽，无论检查得多么细致，没有试验，就没有答案。

更为重要的是，这是价值千万倍于黄金的试验，是许多知识精英将生命和荣辱都系于一身的试验，是无数的人信任和期待的试验，是对地区和平和国际局势都有深刻影响的试验，能不担心吗？

每一次试验，你都感到整个国家的重担压到了肩上，所以，你紧张、不安、难受，生怕心脏受不了，会突然死在那儿。

你说，真死了，不会瞑目，因为，你想知道结果。尽管每一次都有惊无险，但每一次都是最初的心情。

有人劝你别来现场，听新闻就知道了，你不同意。明知难受至极，还要坚持与大家在一起，经历这个"阵痛"，承受这种煎熬。

试验成功，你也不会跳起来，只觉得五脏六腑、三万六千个毛孔全都舒服极了。这是一种说不清的体验，只有泪水知道……

说什么欢乐祥和，只不过有你这样的勇士在悄悄地为国家大业忍受痛苦；

说什么海晏河清，只不过有你这样的豪杰在暗暗地为华夏复兴抵挡风雨；

说什么岁月静好，只不过有你这样的英雄在默默地为人民福祉负重前行。

总有一天，核威胁将会从地球上消失，但你和你的同仁舍生忘死的献身精神必将被子孙后代所铭记。你和你的同仁对祖国的爱，对人民的忠诚，对事业九死不悔的执着，这是一种比原子弹、氢弹更强大的力量，必将闪亮在历史的长河中，成为中华民族永不衰竭的强大动力。

壮哉，侠之剑锋，国之脊梁！

受命之日，你寝不安席。一句嘱托，你许下了一生。

当你驾鹤西去的时候，你还认得来时的路吗？那时满目疮痍，而今山河锦绣。

看吧，每一条康庄的大道，都因你的背影而生动；

看吧，每一个繁华的渡口，都因你的挥手而辽阔。

杨利伟：
揽月的壮美

每一次远行，都有无数含泪的眼睛紧紧地盯着你；

每一次远行，都有无数绷紧的神经牢牢地缠住你；

每一次远行，都有无数的手森林般举起，希望用自己的绵薄之力，送你抵达人类极限经验的边界。

你只是大海中的一滴水，为什么这滴水能够折射出太阳的光芒？

你只是沙漠里的一粒沙，为什么这粒沙能够闪耀出钻石的风景？

14 亿人中，为什么，你就成了历史选中的人？

单飞，是飞行员一生中最重要的时刻。第一次操练，教练问："你到底敢不敢？"你说："有什么不敢的？"飞机随即启动，一飞冲天。

1992 年，你驾驶战机超低空飞行，突然听到一声巨响，发动机转速急剧下降，出现最危险的"空中停车"，可以跳伞。危急关头，你沉稳操作，战机一点点爬升，快要接近机场跑道时，意外再次发生，你当机立断，成功将失去动力的战机安全降落到跑道上，与死神擦肩而过。

你当飞行员，在空中安全飞行达到 1350 小时之久。

成为航天员后，你坐在离心机上，飞速的旋转让你的身体承受巨大的离心力，你的血液涌向后背，身体供血严重不足，眼睛处于"黑视"状态。这样的训练每天进行，对你的身体产生无法估量的冲击。

你的手中有一个按钮，在实在承受不住时按一下，训练就会立即停止。但你紧咬着牙，从未动过那个按钮。

"神舟五号"飞船发射前的晚上，你接到上级通知，确定由你执行任务，你告诉自己："这只是一次工作。"你当晚睡得很香。

进入太空舱前，负责关舱门的工程师故意问："你知道当年给苏联航天员加加林关舱门的人现在干什么吗？"你摇头。工程师说："现在是俄罗斯航天博物馆的馆长。"你微微一笑："那好，馆长，咱们明天见。"

从 6 时 15 分进舱到 9 时发射的近 3 个小时里，你的心跳始终维持在每分钟 76 次，有着令人惊叹的冷静。

倒计时开始，你情不自禁地举起手，敬了一个军礼。

2003 年 10 月 15 日北京时间 9 时，历史定格在这一刻：伴随山崩地裂般的腾飞声，火箭徐徐离开地面，加速上升时，飞船突然产生与人体内脏振动频率相近的共振，你感觉五脏六腑都要碎了。

你盯着计时器，算着时间，"纵使牺牲，也要记录下这个过程，供科研人员今后改进。"

26 秒共振之后，飞船飞出大气层，整流罩打开。

阳光照射进来，你眨了一下眼睛。

地面指挥大厅有人大叫一声："看，他还活着！他的眼睛在动！"顿时掌声雷动。

你说："当一件事情坚持到快要坚持不下去的时候，实际上就是接近成功了。"

2003 年 10 月 16 日 6 时 23 分，正好是天安门升国旗的庄严时刻。你响亮地报告："我是'神舟五号'，我已安全着陆！"

出舱时，你动情地说："这是祖国历史上辉煌的一页，也是我生命中最伟大的一天。"

你是中国培养的第一代航天员，中国进入太空第一人，航天英雄——杨利伟。

"哪怕回不去，也要让五星红旗在太空高高飘扬"，这是你的誓言。

培养一个飞行员，需要花费与其体重相当的黄金；

培养一个航天员，需要花费与其体重相当的钻石。

"可上九天揽月"，展示的不仅仅是一个飞行员、航天员的精神风貌，更是一个国家的整体实力。没有强大的经济，就不会有强大的国防，就不会创造一个个奇迹。

在初选的886名顶尖飞行员中，再通过极其苛严的筛选，凭借出色的本领、过硬的素质，你和其他11名飞行员组成了中国第一代航天员队伍。

这是历史的选择，也是时代的机缘，更是国家的成全！

正因如此，你明白肩上的担子比任何时候都更加沉实，你飞天报国的愿望比任何时候都更加强烈。

2003年，你乘"神舟五号"飞船首次进入太空，在轨道运行了1天时间，标志着中国成为第三个有能力独自将人送上太空的国家，在世界太空事业发展的征途上筑起了一座伟大的丰碑。

从"神舟五号"首飞成功到"神舟十一号"问鼎苍穹，短短13年，你和你的战友克服一切困难，写下了新时代的英雄赞歌。

"神舟六号"发射前，聂海胜的母亲突发脑出血，回家探望时，他的母亲已经不能说话，他弟弟说："哥，你就放心地去执行任务吧，

星火成炬

208

咱们兄弟两个，一个尽忠、一个尽孝！"

"神舟七号"发射中，翟志刚、刘伯明无法出舱，轨道舱又突发火灾报警，他们以"哪怕回不去，也要让五星红旗在太空高高飘扬"的决心，最终把中国人的脚步首次留在了太空。

刘洋，中国首位女航天员，从一片树叶就能够感受到春天的湿润与柔软；

景海鹏，中国航天两度飞天"第一人"，刚毅的脸上总是写满灿烂的笑容；

还有费俊龙、刘旺、张晓光，还有王亚平、陈冬，还有一大批默默奋斗的航天英雄。在发射现场，你们心中的音乐缓缓响起，你们胸前的国旗闪闪发光，那是永恒的发动机，是煤，是铀，是强大的核能。①

你们一飞冲天，背后是一个强大国家的奋力托举。

从此，每当我们仰望星空，总会感觉到你深情注视地球的目光，这也是几代中国航天人的梦想。那无限的美丽，只有你看得最清：蔚蓝色的地球披着淡淡的云层，地球边缘仿佛镶了一道漂亮的金边，十分迷人。

在广袤无垠的深蓝中，你的深情必将激励一代又一代航天人，把目光投向空间站，投向月球，投向宇宙，投向更高更远的地方，不断起航！

---

① 2018年1月25日，杨利伟、聂海胜、费俊龙、景海鹏、翟志刚、刘伯明、陈冬、邓清明、张晓光、刘旺、刘洋、王亚平等12名航天员被中央宣传部授予航天员群体"时代楷模"荣誉称号。

罗阳：
尽忠报国在蓝天

三十年弹指一挥，国之重器，你以命铸之，用青春与热血，诠释了"空天报国，舍我其谁"的使命担当；

五十载韶华遽逝，剑之锋刃，你以血淬之，用理想与汗水，践行了"敢为人先，只争朝夕"的拼搏斗志。

还记得 8 年前那一夜爆红的"航母 style"吗？

在我国首艘航母"辽宁舰"上，两名身穿彩虹服的地勤人员，戴着耳机，右膝跪地，握拳、挥手，凌空一指，那一气呵成、帅气无比的"走你"姿势，像电光石火，点燃了亿万中国人的豪情。

航母 style 是你和国防科技工作者日复一日的汗水结晶；

航母 style 是你和国防科技工作者月复一月的心血凝聚；

航母 style 是你和国防科技工作者年复一年的智慧呈现；

航母 style 是你和国防科技工作者"白 + 黑""5+2"的集中展示；

航母 style 破蛹成蝶，定格我国首次成功起降歼 -15 舰载机之壮美；

航母 style 铿锵有力，标志我国海军从近海走向远海的辉煌明天。

你不仅见证了这个具有里程碑意义的重要时刻，而且作为研制现场的总指挥，承受着前所未有的紧张与压力。当歼 -15 舰载机完美着舰，你疲惫至极，紧绷的弦突然断了。

你把宝贵的生命献给了祖国的航空事业，将最后的身影与气息留在了"辽宁舰"上，将未竟的事业留给了碧海蓝天。

你去世前的 2 个月，工作总量达 1220 小时，平均每天 20 小时，一天休息 4 小时左右，即便休息，也未必入睡，脑袋急速转动，连吃饭的时间都没有。你日夜追赶，毫不间断的超强度工作耗尽了你的生命之灯。

你说："我们最大的追求就是通过我们的努力，使我国的先进战机能够早日装备部队，使我国的国防工业能够尽快缩小与发达国家的差距。"

对国家，你把毕生的时间最大限度地奉献出来；

对自己，你连抢救生命的几分钟都来不及留下。

在离医院不到 100 米时，你的心脏停止了跳动。

多么希望你只是小憩啊；

多想再看一眼你吟唱"醉里挑灯看剑,梦回吹角连营"的神态啊；

多么盼望你一觉醒来，跃马扬鞭，再次出征啊……

习近平总书记为你英年早逝扼腕痛心，认为你"身上所具有的信念的能量、大爱的胸怀、忘我的精神、进取的锐气，正是我们民族精神的最好写照"。

你是国家英才，民族脊梁，是"中国舰载机之父"，是共和国英雄——罗阳。

那一天,鲜花沾着泪水,你心底无私,将疲惫的背影留给了蓝天；

那一天,掌声和着哭泣,你大爱无疆,将深情的目光留给了大海；

那一天,荣光含着呜咽,你鞠躬尽瘁,将不舍的微笑留在了人间。

"当我叫你英雄的时候你是否听见,这一去请不要走得太遥远;

当我叫你英雄的时候我泪流满面，双手化翼梦想翱翔蓝天，转身瞬间，你的身影，海天间，我懂得了什么是再见……"

这首旋律优美的歌曲，叫《我的英雄》，就是专门献给你的。

那一天，你来不及与亲人道别，来不及拥抱凯旋的战友，来不及看一眼机库里整装待发的战机，你疲惫而又高贵的灵魂随着"辽宁舰"鸣响的汽笛，猛地跌入波涛汹涌的大海。

你离开的日子，距中国首批舰载机成功着舰起飞仅仅十多个小时，距中国第一艘航空母舰入列整整两个月……

但你的笑容，你的姿势，你的精神，穿越时空，历久弥新。

在航空工业沈阳飞机工业集团厂区内，矗立着你的塑像，你身着棉服，这是你登上"辽宁舰"时的着装，也是你最后的形象。在你的身侧，一架架战鹰从这里诞生，冲向无垠的苍穹。

你说："研制战机，要么是零分，要么是一百分，没有中间分！"

你说："不负重托，就是全心全意履行好党和国家赋予我们的神圣职责，报国强军，不辱使命！"

同事们紧握拳头，挥泪告别："我们还没有长大，但我们会快快成长。"

航母 style，就是你生命的 style，就是中国知识分子尽忠报国的 style。

你短暂的一生，像燃烧的火炬，燃烧自己，照亮国家的天空，民族的前途。

你的追悼会在回龙岗革命公墓举行，一墙之隔，就是沈阳抗美援朝烈士陵园。

70 多年前，中国人民志愿军空军迎着炮火，第一次亮剑在朝鲜战场。孟进、孙生禄等志愿军飞行员血染长空。

冥冥之中的选择，仿佛是一种命定，意义如此生动，如此真实而丰富。

不同的年代，却有着同样的慷慨悲壮；

不同的身份，却有着同样的义薄云天；

不同的时空，却有着同样的气贯长虹。

才见虹霓君已去，祖国终将选择那些忠诚于祖国的人；

英雄谢幕海天间，历史终将记住那些无愧于历史的人！

黄旭华：
阳光照亮核潜艇

地球 70% 以上的面积是海洋。

一部中国近代史就是一部烽火连天、不堪回首的历史，就是一部闭关锁国、频频流血的历史，就是一部列强从海上入侵、弱肉强食的屈辱的历史。

一遍遍醉酒挑灯，拔剑四顾；一次次有心无力，忍气吞声。

民族复兴！中国，在陆地站稳之后，急切地需要海洋，奔向海洋；

大国崛起！中国，在奔向海洋的过程中，需要一份自信，一种刚强。

核潜艇，就是这样的一种定力，或一份保障。

惊涛骇浪中，你埋下头，在暗流汹涌的区域，做沉默的砥柱；

危机四伏时，你沉住气，在祖国心跳的地方，做护旗的桅杆。

如果问你，什么样的几何形状最完美？你会说："水滴的形状！"

水滴，就是小小的一滴水，融入大海，浑然不觉。

水滴，大海的一分子，能与大海融为一体，毫无间隙。

"水滴型"核潜艇，摩擦阻力小，水下机动性和稳定性最好。

为实现这个"美丽的遐想"，美国先把核动力装在常规线型潜艇上，再建造水滴型常规动力潜艇，最后结合成核动力水滴型试验艇。

苏联更是将这个过程分解成五级、六级，一步一步跃进。

而中国的核潜艇，你竟然一步到位，把核动力直接装进水滴型艇身内试航，且一举成功。

一次次深入海底，一次次冲出海面。你的自信正源于这千百次的试验，支撑你一步到位的理由是："我们已经知道了核动力水滴型是可行的，这就像部队行军，已经有侦察兵探出一条准确道路，再没有必要去走弯路。"

这就是你的智慧，你的胆略，你的创新。

"敢教日月换新天"，要的就是"不走弯路"的冲劲和魄力！

美国人研制核潜艇，花了10年多，成了世界霸主。以你为代表的中国人勒紧裤带，在一穷二白的年代研制核潜艇，只用了8年多时间。

中国核潜艇潜在水下的时间创了世界纪录。你的大胆设想，让中国核潜艇下水时间至少提前了10年。

壮哉！伟大的祖国，"可下五洋捉鳖，谈笑凯歌还"变成了现实。

你的人生，恰如深海中的潜艇，无声，无息，但有着无穷的力量。你让中国人挺起胸膛，扬眉吐气。

"誓干惊天动地事，甘做隐姓埋名人。"这是你的座右铭。

你说：核潜艇作为国防事业发展的缩影，你从事的这份工作，见证了我国从站起来、富起来到强起来的飞跃，这个飞跃非常动人。你身处其中，无限荣光。

你是院士，是感动中国人物，是"共和国勋章"和"影响世界

华人盛典"终身成就奖获得者，你是"中国核潜艇之父"——黄旭华。

还记得吗？上学的时候，你总是要问三个问题：

为什么日本侵略者如此猖狂，想轰炸就轰炸，想屠杀就屠杀？为什么我们不能安守家园，而是家破人亡？为什么天地这么大，我们连一张课桌都放不下？

不同的老师，却有着相似的回答："贫穷遭人欺凌，落后受人宰割。"

望着老师眼眶里的泪水，你发誓要"赴汤蹈火，科学救国"。

你30多岁时，作为国家最高机密的中国核潜艇工程正式立项，你被任命为项目副总工程师，成为我国最早研制核潜艇的29人之一。

你选择了这份事业，也就选择了隐姓埋名。30年，家人都不知道你在做什么，你也没有回过一次老家，连父亲去世，你也未能见上最后一面。

直到1986年底，两鬓斑白的你回到老家，见到93岁的老母亲。

你说："对国家的忠，就是对父母最大的孝。"

核潜艇战斗力的关键在于深潜。62岁的你，坚持亲自上艇参与试验。在极限深度，100多米长的艇体上，任何一块钢板不合格、一条焊缝有问题、一个阀门封闭不足，都能导致艇毁人亡。

每一分都是生死考验；

每一秒都是惊心动魄。

在4个小时的试验中，你比谁都紧张，但你比谁都淡定。时间一分一秒地过去了。新纪录诞生了，全艇沸腾了！

你老泪纵横，当即赋诗："花甲痴翁，志探龙宫。惊涛骇浪，乐在其中！"

你十分感谢你的爱人，她总是无条件地支持你。此次试验出发前，她冷静地说："如果你不下去，这个队伍以后你就带不动了。如果没有风险，你下去干什么，正因为有风险，你要将大家安全地带回来。"

你兴趣广泛，才华横溢，擅长扬琴、口琴演奏，能拉小提琴，能引吭高歌，喜欢歌剧表演，还能潜心诗词创作，单位每年文艺晚会的压轴戏是大合唱《歌唱祖国》，从82岁到87岁，你连续5年担任总指挥。

你乐观，务实，心中有爱。母亲去世后，你把她的旧围巾拿来。每年冬天，戴着它。有了这条围巾，你感觉母亲就在身边。

2014年"感动中国"人物颁奖后，主持人白岩松问：你说为了国家，愿意自己的血"一滴一滴地流"。为什么流了这么多年，直到今天，你的血还是热的？

"我是共产党员，只要活着，我的血就没有流完，我的心就不会变冷。"

你的回答，像一股暖流，流进每一位观众的血管里；

你的回答，似一道阳光，印在一代两型核潜艇每一个零件每一条管线上；

你的回答，如一根钢缆，一头铆住"科学报国"的凌云之志，一头扎进浩瀚无际的深海中……

叶聪：
勇敢的"驭龙者"

21 世纪是海洋的世纪，也是陆海空全面竞争的世纪。

海水约占地球水资源总量的 97%，海底蕴藏丰富的资源，矿物和能源储量都超过陆地。对于茫茫大海，人类的探索还远远不够。

认识海洋，利用海洋，保护海洋，都离不开"深潜"，都需要"蛟龙号"这类高技术装备和勇敢的"驭龙者"来打开海底世界的"藏宝图"。

我们上天入海，不仅有"中国速度"（"复兴号"高铁），也有"中国高度"（神舟飞船）、"中国广度"（"雪龙号"南极科考），还有"中国深度"。

"蛟龙号"载人深潜，是"中国深度"的具体表现，是建设海洋强国的重要保证。

海底世界并没有想象中的浪漫，海平面以下 200 米黑暗一片，到达 3000 米的深海时，只有零星的生物，偶尔出现海葵和鱼。海面波涛汹涌，潜航员生理承受达到极限。海试中，有人呕吐虚脱，最极端的时候，宠物猫都受不了，跳海自尽了。

每次下潜，你都将个人安危置之度外；

每次下潜，"蛟龙号"都获得一次新的成长；

每次下潜，你对深海都有更多的了解，包括它的秉性、脾气、呼吸和血管……

中国载人深潜事业从零起步，一次次下潜，你不仅挑战中国载人深潜的纪录，也一次次完成对自我的全面超越。

从太平洋底的海山深沟，到印度洋底的大洋中脊，你驾驶"蛟龙号"一次次深潜，一次次引起世界震惊。

连著名电影《泰坦尼克号》《阿凡达》的导演詹姆斯·卡梅隆，都是你在大洋彼岸的"超级粉丝"，当"蛟龙号"一次次创造奇迹时，这位世界级大导演总是向你竖起拇指，说"蛟龙号"比他拍摄的大片更精彩。

你到达的地方，是中国声音抵达的地方；

你走得越远，中国的空间就越辽阔；

你探得越深，中国的力量就越强大；

你发出的热越多，中国的天空就越明亮。

作为中国崛起的标志性成就，在新中国成立 70 周年的观礼现场，看着熟悉的"蛟龙号"两次从你身边走过，你倍感骄傲和振奋。

习近平总书记握着你的手，鼓励你和你的队友团结拼搏、开拓奋进，推动我国海洋事业不断取得新突破，为建设海洋强国作出更大的成绩。[①]

你是"蛟龙号"载人潜水器首席潜航员，全海深载人潜水器总设计师，"载人深潜第一人"，你是"改革先锋"和"最美奋斗者"——叶聪。

---

① 2013 年 5 月 17 日，习近平、李克强等党和国家领导人集体会见载人深潜先进单位和先进工作者代表。叶聪和付文韬、唐嘉陵、崔维成、杨波、刘开周、张东升获得"载人深潜英雄"称号，2019 年 9 月 25 日又获"最美奋斗者"英雄集体。

星火成炬

仿佛命中注定，"这个舞台就是你的"。

再也没有比航天员与潜航员上演的"海天对话"更激动人心的时刻了！

2012 年 6 月 24 日，你与队友刘开周、杨波在马里亚纳海沟下潜至 7020 米，创造了中国载人深潜新纪录和世界同类型载人潜水器的最大下潜深度。

与此同时，航天员景海鹏与刘旺、刘洋正好驾驶"神舟九号"与"天宫一号"实现刚性连接，中国首次手控空间交会对接成功。

你们刚在海底"蛟龙号"送上对"神九"的祝福，回到甲板后，就收到了来自"神九"对你们的祝贺。

多么荡气回肠！谁能"计算"得如此天衣无缝？

多么波澜壮阔！谁能"导演"得如此精妙绝伦？

"我最深刻的感受，就是科技的腾飞，国家的强大。这是我人生中最幸福的时刻。"自比"硬汉"的你，忍不住流下了滚烫的泪水。

全世界近 500 人进入太空，12 人登临月球。而潜入 7000 米以下深海的人，只有 11 个，其中 8 人来自中国，来自你和你的队友。

探索未知的海底世界，需要智慧，更需要勇气。"危急时刻，不会顾及自己安危，只想如何完成任务，想到的全是祖国。"这是你的肺腑之言。

第一次下潜，挑战深度只有 50 米，担心、紧张和恐惧，像海浪一样翻滚。

关键时刻，你站了出来。你熟悉"蛟龙号"的结构乃至每一个零件，相信"中国制造"。当你潜入黑暗深处，呼喊无济于事，惊慌等于向黑暗投降。你冷静，再冷静。你坚信，只要人在呼吸，就能化险为夷。

你告诉自己：这个舞台就是你的。如果你无法完成，别人来，未必更好。

下潜 50 米，你进行了 21 次试验；

下潜 1000 米，你进行了 20 次试验……

就这么坚持，"驭龙"技术越来越娴熟，你一次次完成挑战。在漆黑的深海，你和两名队员蜷缩在内径只有 2.1 米的密闭球舱内，每次连续工作 10 多个小时。

7000 米的路程，如果步行约需 1 个半小时，汽车行驶约需 10 分钟。但对于你和中国载人深潜的科研人员来说，却奋斗了整整 20 年。

目前，"蛟龙号"已完成百余次下潜，足迹遍及中国南海、东太平洋、西南印度洋、马里亚纳海沟等七大海区，成为中国名片，成为崛起大国的新坐标。

每当国歌响起，你和队友们望着徐徐升起的国旗，你们知道，新的征程开始了。你们用 20 年创造了中国载人深潜领先世界的奇迹，未来 20 年，你们必将征服更广的海域，探寻更深的海底，创造更多的奇迹。

申亮亮：
以羽毛的方式承载和平

每个时代都需要先锋，每段历史都需要英雄。

迎着枪林弹雨，抛头颅，洒热血，那是战争年代的英雄。

和平年代同样需要英雄。因为，没有人敢说，这个世界没有危险；或者说，危险来了，与我无关。

即便周围一派祥和，是否世界的每个角落都是如此？

你的回答是："祖国很安宁，世界不太平。"

维和部队是联合国维和行动的使者，是遏制地区冲突、开展人道救援的重要力量。中国作为联合国安理会常任理事国，在化解地区矛盾、保障人权和维护世界和平等方面，发挥着至关重要的作用。

你是维和部队中的一员。你的上衣印有联合国英文缩写的"UN"，你的臂章缀有"地球与橄榄枝"的图案，那是人类命运共同体的象征。

万里赴戎机，你和你的战友雷厉风行，英姿飒爽，展示中国的道义与责任；

关山度若飞，你和你的战友前仆后继，铁胆军魂，捍卫世界的正义与和平。

走出国门的那一刻，你的生命与世界的命运连在一起，你的一举一动向世界输入的是中国力量，中国气派。

你多么希望好好活着，孝顺父母，成家立业，享受日常生活的和风细雨。

你多么想去看看长城、黄河，看看祖国的大好河山，看看世界的五彩缤纷。

你说，离开祖国的日子，你每天盼着太阳升起，因为那是祖国的方向。

战乱，贫瘠，炙热，疾病，以及各类突发事件时刻考验着你和你的战友。

你们以沙洗面，驭风而行，坚强以对。

你说，身在异国他乡，每天唱国歌、升国旗，是最激动的时刻，你深刻感受到祖国的强大和人民的幸福。在发条微信都要延迟的国度，你和你的战友深深地爱着祖国和亲人，强烈地、跨越时空地爱着！

让世界了解中国——你戴上贝雷帽，仰望苍穹，在你身边，没有浪漫，只有危险；

让中国走向世界——你穿着迷彩服，放眼寰球，在你脑海，没有诗意，只有使命。

那是个平常天，死神突然降临，你本可以选择离开，但你用最后的 37 秒，定格了一生的荣光，保障了他人的平安。

因为你是军人，是中国军人，是新时代最可爱的人。

你倒在了马里加奥炽热的营地，年轻，帅气，一如黄金。

你倒下去，像太阳的叹息，再也不会回来。

在父母心中，你是孩子："维和回来后，就和女朋友订婚"，这是你对父母的承诺；

在祖国心中，你是战士："位卑未敢忘忧国"，这是你喜欢的陆游的诗句；

在同龄人心中，你是英雄："血染沙场气化虹"，这是你留在世上的最后形象。

凛然英雄气，一名勇敢的战士作出了选择。你倒下，你的前方，矗立的是一支顽强的、打不倒的军队。

激荡天地间，一名年轻的战士流尽了鲜血。你倒下，你的身后，崛起的是一个自信的、负责任的大国。

你是"人民英雄"，是共和国烈士，是"最美奋斗者"——申亮亮。

2019 年 5 月 12 日，是中国第七批赴马里维和部队从营区启程、奔赴西非马里的日子。连日来，你的战友卞龙格外忙碌。两天前，他特意在胸前戴上两块"和平勋章"，专程前往驻地烈士陵园，向你的雕像敬上庄严的军礼。

"每一次来，都有不一样的感受。"这已经是卞龙第三次申请到维和一线去，他要重返洒满你热血的土地，去感受你的气息，你的存在。

马里驻地环境恶劣，最高气温在 50 摄氏度以上，纷争不断，许多地方长期处于无政府机构状态，恐袭频发。

为了当地人民的福祉，你的战友踏着你的血迹，负重前行。

清晨，当地居民还在睡梦之中，战友们已经开始工作。炎炎烈日下，迷彩服湿了又干，干了又湿，上面印着一层厚厚的"盐碱"。当地人看到战友们臂膀上的五星红旗，总是情不自禁地竖起大拇指："中国，真伟大，我爱你们……"

这些熟悉的场景和细节，你在天国都看见了，并以此自豪吧？

截至 2019 年 2 月的统计数据，中国共派出维和人员 3.9 万余人次，修筑道路 1.3 万余公里、建造桥梁 200 多座，运输总里程约 1300 万公里，接诊病人 17 万多人次，运输人员、物资累计行程 348 万多公里，海军医院船已访问 43 国，惠及当地民众 23 万余人次，排除地雷等各种不明爆炸物 7500 多枚……

"于历史长河，我也许只是一滴水珠，但我也要以水珠的执着，追寻生命的浪花；于苍穹社会，我也许只是一棵小草，但我也要以小草的方式，向春天展现生命的绿色；于大千世界，我也许只是一根羽毛，但我也要以羽毛的方式，承载和平的心愿。"

这是你的战友和志虹追求的生命价值。

2015 年，在联合国维和峰会上，习近平主席充满感情地讲了和志虹的故事。她在海地执行维和任务时不幸殉职，留下了 4 岁的幼子和年逾花甲的父母。习近平主席高度赞扬了她"以羽毛的方式，承载和平的心愿"的国际主义精神。

发言结束，时任美国总统奥巴马起身向习近平主席长时间握手致意。

时任英国首相卡梅伦也特别感谢中国政府在维和行动中的牺牲与奉献。

就在这次峰会后的第二年，你将最后一滴血留在了马里的土地上。

你与和志虹等维和英雄，用生命的壮美展示了一个崛起大国的责任担当，以及对世界和平的庄严承诺。

屋因梁而固，你和你的战友给灾难中的世界带来和平与安宁；

山因脊而雄，你和你的战友给黑暗中的人民带来阳光和福音。

一个唱着山歌打靶归来的人，是你；

一个每天将被子叠成自己心愿的人，也是你。

你在异乡开车，却把异乡当成故乡。车轮压碎你的生命，也压破了战友的安宁。你倒下的地方，是一排排迎着阳光开放的向日葵。

你的家乡没有海，但有一条江叫湘江。家乡留给你的记忆，就浓缩在这条朦胧的湘江里。

许多人忘记了你的原名——雷正兴。你是"上无片瓦、下无插针之地"的农家子弟，是长沙望城安庆乡简家塘村的孤儿，是平凡和单纯得像雷公草一样的"乡里伢子"啊。

你踏上一条小路，那里野草丛生。黑暗中，有人握住了你的手。

因为这双手，你看清了夜行的路，跟着灯的方向，走到黎明，见到太阳。你短暂的生命有如蜡烛。你燃烧青春，把人类动人的语言翻译成和风细雨，留给寒冬过后的大地的春天。

你没有悲壮的细节，就像每天的衣食住行，就像日常渗入的水滴，润物无声。虽然平淡，却那么饱满，让黎明睫毛上的露珠更加透明，开花，滚落，滋润大路边每一棵向上生长的小草。你的生命因为奉献而丰满。

你前行的姿势从来没有改变。你身上的每一个细胞，都渗透了

党的血液。你誓做永不生锈的螺丝钉。

你的初心印在两套纪念邮票上，你的精神被党和国家领导人所称颂。①

你火红的心、你的故事连同你的精神被谱成了歌曲，制成了电影、电视剧，而讴歌你的诗行更是汇成了奔腾的海洋。②

在时间的陌堔上，你是时间的轴；

在河流的脊背里，你是河流的根。

你指着夜空说事，让人看见曙色；

你指着善意说事，让人看见美好；

你指着露珠说事，让人看见天涯。

因为你，三月的雨从不缺席对大地的义举。

你站在屋子前，你就成为田园的一部分；

你站在黑夜前，你就成为光明的一部分；

你站在季节前，你就成为秋天的一部分；

你站在痛苦前，你就成为快乐的一部分；

你站在暴雨前，你就成为闪电的一部分。

你站在哪里，哪里就有最好的时间；

你站在哪里，哪里就有最美的风景。

---

① 毛泽东题词：向雷锋同志学习。刘少奇题词：学习雷锋同志平凡而伟大的共产主义精神。邓小平题词：谁愿当一个真正的共产主义者，就应该向雷锋同志的品德和风格学习。 2018 年 9 月 28 日，习近平在参观抚顺雷锋纪念馆时指出：雷锋是时代的楷模，雷锋精神是永恒的。

② 有关雷锋的歌曲有《学习雷锋好榜样》《接过雷锋的枪》，电影有《雷锋》《离开雷锋的日子》《青春雷锋》《雷锋的微笑》《雷锋在 1959》，电视剧有《雷锋》，诗歌则以贺敬之的《雷锋之歌》为代表。

余音

赞美诗：英雄在哪里

一

英雄啊，你们在哪里？

你们在风暴的中心，在火焰的中心，在号角的中心，在时间的中心，在大地的中心，在茫无涯际的感觉不到尽头的中心。

英雄啊，你们在哪里？

你们在历史的硝烟中，在时代的风口，在地震一线，在火灾现场，在抗洪的战场，在实验室里，在无人的沙漠，在发射台前，在非典和新冠肺炎疫情的毒浪里，在生死之间，在瓦砾、冰雪和各种灾难的急救途中。

英雄啊，你们在哪里？

你们在校园，在军营，在工厂，在乡村，在大江大河，在汗水、泪水浸泡的疲惫的皱褶里，在智慧、青春、生命和荣誉交织的背后，在平凡生活的每一个细节里，在人类的触须能够伸展到的每一个地方。

英雄啊，你们在哪里？

你们在父母心中，在儿女心中，在亲朋好友心中，在祖国心中，在人民心中。

星火成炬

二

英雄啊，你们在哪里？

梦想在哪里，你们就在哪里；

求索在哪里，你们就在哪里；

执着在哪里，你们就在哪里；

初心在哪里，你们就在哪里；

热血在哪里，你们就在哪里。

英雄啊，你们在哪里？

信念在哪里，你们就在哪里；

大爱在哪里，你们就在哪里；

担当在哪里，你们就在哪里；

奉献在哪里，你们就在哪里；

荣光在哪里，你们就在哪里。

三

英雄啊，你们在哪里？
我不知道在哪里，但我知道——
哪里有需要，英雄的呐喊就在哪里！

英雄啊，你们在哪里？
我不知道在哪里，但我知道——
哪里有需要，英雄的热血就在哪里！

英雄啊，你们在哪里？
我不知道在哪里，但我知道——
哪里有需要，英雄的壮美就在哪里！

英雄啊，你们在哪里？
我不知道在哪里，但我知道——
你们在哪里，英雄的精神就在哪里！

四

英雄啊，我要高声赞美。

你们在哪里，哪里就有磅礴奋进的力量！

英雄啊，我要高声赞美。

你们在哪里，哪里就有屹立不倒的长城！

永远爱不够的英雄情怀

诗人是什么？

你可以说他是一个身份，一个用文字抒发情感的人。文字是与外界对话的一种语言，字字珠玑，行行动人，时而激昂铿锵，时而柔情万种。这就是诗人。

你也可以说他是一个文化符号，或一只报春鸟。这个文化符号或报春鸟用最敏锐的洞察力和最浪漫的笔触为社会发展留下批注和叫声，句句情深，声声泪目，时而让人共鸣，时而发人深思。这也是诗人。

但在我看来，诗人是时代的参与者、见证者和记录者，他是战争年代的吹号者，是黑夜里的提灯人，是和平年代忠贞的战士。手里紧握的是笔，这看似温柔的武器，却能在电光石火间攻无不克，既能在残酷的战火里留下珍贵记忆，又能在时代的大潮中书写天地壮歌。

那么，英雄又是什么？英雄是民

族的脊梁，撑起的是中国胸膛，顶天立地，彪炳千秋。他们是牺牲者、开拓者、奋斗者，像发光的金子，散落在中国的每块疆土上，闪耀在社会的每个角落里。在时间的汪洋中，万千英雄，永不过时。

一句话，英雄是民族最闪亮的坐标。英雄精神就是我们的民族气节、国家精神，是激励我们实现中华民族伟大复兴的磅礴力量。

文艺是时代前进的号角，最能代表一个时代的风貌，最能引领一个时代的风气。因此，诗人聚焦英雄，书写英雄，是天经地义的。特别是融媒体时代，青少年容易被网络上各种不良信息所蒙蔽，诗人就要做报春鸟，就要对英雄进行讴歌，这是责任，更是使命。融媒体不仅影响作家、诗人的创作心态，也改变作品的传播方式和接受方式。融媒体能够让精品力作更加便捷、更加有效地直达人心，读者利用一切可以利用的空间和时间进行阅读、收听和观看，比如等车、坐车等等，只要有手机，只要有网络，你就可以阅读、收听和观看好的作品，受到艺术的熏陶。

这就是我创作《星火成炬》的由来。全书所选人物分别来自2009年中宣部等多部门评选出的"100位为新中国成立作出突出贡献的英雄模范人物"和"100位新中国成立以来感动中国人物"、2014年民政部公布的"第一批著名抗日英烈和英雄群体"、2018年"改革开放40周年100名改革先锋"、2019年"最美奋斗者"和2020年"共和国勋章"获得者，以及历年来央视"感动中国"年度人物和全国劳动模范等等。选择的标准主要从社会广泛的影响力、巨大的知名度、持久的美誉度、公认的楷模与榜样等方面综合考虑，同时兼顾个体、集体、行业以及人民群众的审美认同和英雄事迹的感人程度等。表面上看，全书写了56人，实际上不止这个数，因为周文雍中有陈铁军，毛泽建中有陈芬，陈觉中有赵云霄，缪伯英中有何孟雄等人。如果算上集体英雄，如以于敏为代表的"两弹一星"英雄集体、以杨利伟为代表的航天英雄集体、以申亮亮为代表的维和部队英雄集体等等，所涉及英雄名字上百人，真正涵盖了从中国共产党成立以来各个阶段的英雄人物，是中国共产党100多年光辉历程的见证，是中国革命、中国建设和改革开放40多年各个重要时期和重要时间节点所涌现出来的英雄人物的缩影。

成为英雄并不是偶然的。早在1910年，毛泽东在湘乡县东山小学堂读书时，曾读到一本《世界英雄豪杰传》，他被书中的华盛顿、林肯、拿破仑等人的英雄事迹所感动，感慨道："当今中国积弱不振，迫切需要这样的英雄人物，中国要走向强盛，必须讲究富国强兵之道。为了这个目标，我们每个国民都要加倍努力。"

在他的诗词中，有关英雄的主题十分突出，留下的名句也是最多的："为有牺牲多壮志"，"引无数英雄竞折腰"，"遍地英雄下夕烟"，等等，这些伟大诗句极大地鼓舞和激励了千千万万中

星火成炬

国人成为中国革命和中国建设的英雄。毛泽东的妻子杨开慧、儿子毛岸英、大弟毛泽民、二弟毛泽覃、堂妹毛泽建、侄子毛楚雄等亲人都在他的影响下走上革命道路，用鲜血和生命铸成一尊尊共和国英雄的丰碑。

我越来越真切地感知到，与英雄相遇的写作就是一种拯救，一种像希望一样的力量弥漫周身。在日复一日的写作中，有一个指向永远不会发生改变，那就是英雄和英雄精神所带来的力量。我接近这些英雄，受他们的精神所引领，每天与他们对话，这些平凡而不平凡的人，他们的人格与思想，已经成为共和国丰碑坚实的底座。

法国文学家托马斯·布朗指出："你无法延长生命的长度，却可以把握它的宽度；无法预知生命的外延，却可以丰富它的内涵；无法把握生命的量，却可以提升它的质。"对英雄而言，尤其如此。面对英雄，我有一种仪式感般的冲动，一种永远爱不够的英雄情怀油然而生，我很希望自己的创作能够达到庄重、肃穆、诗意和优雅的一致性。

这些年，我在教学、科研之余，紧紧围绕英雄主题，深耕红色文化，发表和出版了一批与英雄相关的文章与图书，还制作出一系列音频、视频，在中宣部学习强国、党建网和央视网等主流平台上播出，引起了社会较大关注。我也收到来自全国各地青少年及他们的家长、老师写来的许多信件，谈及书中的英雄人物和英雄事迹，他们都深为感动，甚至泪流满面。可以说，是英雄和英雄事迹激励我克服一个又一个困难；是持续不断的思考和写作让我的生命单纯、充实而饱满。为此，我深深感恩。

2024 年 8 月底定稿于岳麓山下静月轩

图书在版编目（CIP）数据

星火成炬 / 聂茂著；吴新霞，吴奕绘. — 长沙：湖南少年儿童出版社，2025.4

ISBN 978-7-5562-7637-0

Ⅰ.①星… Ⅱ.①聂… ②吴… ③吴… Ⅲ.①散文诗—诗集—中国—当代 Ⅳ.①I227.6

中国国家版本馆CIP数据核字（2024）第094359号

星火成炬
XINGHUO CHENG JU

总　策　划：胡隽宓　　　　策划编辑：罗晓银
责任编辑：罗晓银　　　　　装帧设计：传城文化　进子
内文排版：雅意文化　　　　营销编辑：罗钢军
质量总监：阳　梅

出　版　人：刘星保
出版发行：湖南少年儿童出版社
地　　　址：湖南省长沙市晚报大道 89 号（邮编：410016）
电　　　话：0731-82196320
常年法律顾问：湖南崇民律师事务所　　柳成柱律师
印　　　刷：湖南立信彩印有限公司
开　　　本：787 mm × 1092 mm　1/16　　印　　张：15.75
版　　　次：2025 年 4 月第 1 版　　　　印　　次：2025 年 4 月第 1 次印刷
书　　　号：ISBN 978-7-5562-7637-0
定　　　价：49.80 元